Una casa sola

SELVA ALMADA

Una casa sola

RANDOM HOUSE

El papel utilizado para la impresión de este libro ha sido fabricado a partir de madera
procedente de bosques y plantaciones gestionadas con los más altos estándares ambientales,
garantizando una explotación de los recursos sostenible con el medio ambiente y beneficiosa para las personas.

Una casa sola

Primera edición en Argentina: marzo, 2026
Primera edición en México: abril, 2026

penguinlibros.com

ISBN: 978-607-387-107-5

Impreso en México – *Printed in Mexico*

*Agradezco a la Maison des Écrivains Étrangers
et des Traducteurs, Saint Nazaire, Francia.
En mi estancia allí apareció la primera
chispa de esta novela.*

He aquí la casa, lo que la puebla
y lo que ella conforma.

Estela Figueroa

Que nos vengan a buscar si son tauros.

¡Que nos busquen!

La noche es una llama de azufre que oscila sobre el espinal, aureola las copas de los talitas, chañares, blanquillos, virarós. La claridad, derramada en la espesura, flota entre los troncos como una niebla de luz. El grupito de hombres, cuatro o cinco, no más, agazapado, en cuatro patas, espía la casa: una forma apenas, un contorno, bajo esa misma luminiscencia azul. Están flacos, puro hueso, barbudos, las uñas largas, el pelo también. En cuero o con unas camisas hechas jirones que dan pena. Descalzos. La piel a la vista, cortada por los espinillos. El blanco de los ojos saltón, piedras baiTloteando en la penumbra del monte, lanza payana, recoge payana…

¡Que nos busquen!, repiten y mueven las cabezas afirmando. El blanco de los ojos otra vez lanza payana, recoge.

Uno prende un cigarro y otro se lo quiere robar.

Manotean. Pechan. Alguno separa, compone.

¡Juicio, che!

¡Hambre! Días sin comer…

Otro se escarba una muela por el agujero que tiene en la mejilla.

Acechan la casa, pero la intención de acercarse no prospera. Quedan ahí despatarrados en el monte.

¡Si nos buscan nos van a encontrar, carajo!

¡Hambre! ¡Cigarro! ¡Sed!

¡CHINCHÓN!

Abrí los ojos a una mañana que presentaba poca novedad. El aguaribay florecido ardía de abejas. Las gallinas escarbaban el suelo buscando lombrices. Una pollita joven desenterró un cordón de zapatilla y armó tal alboroto que las otras la persiguieron para robarle el botín. La Miní apareció entre los pastos; tan blanca y con las costillas marcadas, la galga, que si no fuera la pura luz del día, diría que no era un perro si no el ánima de un perro. Arrastraba un lagarto overo y el olor a sangre atrajo a sus cachorros. Pero la capitana rancha sola: les tiró unos tarascones y comió triturando cuero, huesos, carne, hasta hartarse. Después se echó a la sombra del tala y dejó que los hijos se prendieran a las tetas.

Las gallinas, hipnotizadas por el color brillante del triperío, abrieron los picos mostrando las lenguas pálidas, y se llevaron un poco cada una.

¡Jedientas son!

Un chaperío herrumbrado es todo lo que queda de un galpón que ha sucumbido a las tormentas ¿Cuánto hace? ¡Quién sabe! Más acá el tanque australiano con su borra de agua podrida, cinco dedos de hombre de altura, burbujeante de larvas de mosquito.

Verano así de seco no he visto antes. Y eso que esta vieja casa si no lo ha visto todo, ha visto suficiente. Pero nunca una seca como esta, que se mete en las junturas de adobe de los ladrillos y crepita abriendo minúsculas fisuras.

Hubo un molino y unos silos panzones. La luz del mediodía rebotando contra esas moles metálicas dolía la vista. Ya no hay. De lo poco que pudo llevarse el patrón cuando todavía podía entrar, la pata ancha, diciendo esto es mío.

El tala se espulga las hojas muertas, con disimulo. Me hago la que no lo veo. Vanidoso: pierde el pelo pero no las mañas. Lo conozco desde chiquito. Vino semilla en los intestinos de un pirincho. Esperó posada en la superficie, abrigada por la mierda del pájaro, hasta la primera lluvia gorda de ese año. La que abrió el surco y volvió a taparlo. En primavera reapareció hecha brote. Lo pastoreé día tras día, un tallo que iba ganando altura, echando cuerpo. Entonces yo tampoco era una casa. Más bien un refugio, un reparo. Cuatro paredes de adobe y un techo de ramas. Una abertura grande, sin puerta, por donde entraban hombres, hombre y caballo, becerros perdidos. Levantada en un pequeño claro robado al monte.

El tala y yo somos hermanos de leche. Aunque hace años me pasó en altura. Pequeña bajo su sombra. Que también es mía. Las raíces del tala se estiraron, se propagaron como una electricidad, tocando mis cimientos. Estamos comunicados de esa manera íntima y subterránea; el tala y yo, un pedazo de monte.

La Miní duerme el cansancio feroz de las madres cuando amamantan. Los cachorros andan a los tumbos, las barrigas tirantes de leche, los hocicos abriéndose al mundo. Le digo Miní porque me recuerda a la otra, una que hubo en tiempos de los Lucero, la última familia que vivió aquí. Ellos nunca se ausentaban más de dos o tres días: viajes cortos al pueblo para comprar mercadería, ropa; o de los parientes para un cumpleaños, un velorio. Pero la última vez no regresaron. Aún no vuelven.

Cinco habrán sido los perros en esa época: Sultana la más vieja, la que comandaba el lote, y Miní la más nuevita. En el medio los otros a los que los gurisitos les cambiaban de nombre a cada rato. Apenas aquellos perros vieron que la familia no volvía, se ganaron dentro. Se treparon a las camas, embarrando las sábanas que la Lorena tenía siempre impecables. Escarbaron hasta abrir las puertas del aparador donde ellos guardaban la provista y comieron todo lo que pudieron romper con los dientes. Un poco por atrevidos y un poco por necesidad. Cuando no hubo más nada en la despensa, cazaron algunos bichos chicos: aperiás, alguna liebre vieja, mismo lagartos, como hace ahora la Miní. Nunca una gallina. Estaban bien enseñados.

La Sultana fue todos los días a la tranquera y se sentó a esperarlos. A la noche aullaban reclamándolos. No sé cuántos días, hasta que una tarde la perra vieja al frente, el resto siguiéndola emprendieron la retirada. La Miní la última de la fila, dudando. Deteniéndose a cada rato y mirándome, no sé si esperando que los siguiera también, que me fuera yo con ellos, o disculpándose por irse. Al final agachó la cabeza y se les unió al trote. Uno de los machos cavó un poco debajo de la tranquera cerrada y de a uno fueron pasando al otro lado.

Hace unos meses, apareció esta Miní perseguida por una pelotera de perros y primero la confundí con aquella. Mismo tamaño, mismo porte, misma edad… pero claro, la Miní de los Lucero, en caso de que aún viva, ya será una perra vieja.

Esta perra estaba sucia, revolcada y babeada por los machos que venían atrás suyo, alzada hasta las orejas. La pobre no entendía nada: habría despertado una mañana sangrando, habría lambido sin encontrar la herida. Desorientada, queriendo escapar y quedarse, enfrentarlos y rendirse. La pelea final de los candidatos sucedió acá mismo. Se trenzaron y todo fue una confusión de pelajes, hocicos abiertos, dientes hincándose, cuero desgarrado. El vencedor fue un mestizo de pelo gris y pecho amplio. Los belfos le temblaban y tenía la mirada turbia. Se acercó y la olfateó un poco a la perra, gimió, la rodeó. Se trepó a su grupa y ella se acomodó para sostenerlo, para dejarlo entrar. Después el perro desmontó y se quedaron pegados un rato, uno para cada lado. Ella, la que yo bauticé Miní, mirándome con los ojos ámbar, como dos gotas de panal.

Ahora sueña. Las patas de atrás y las patas de adelante tiemblan. Soñará que corre. Tal vez escapando de algo o al encuentro de alguien. Aquí se aquerenció enseguida. Empujó la puerta con el hocico, entró, husmeó, recorrió las piezas que ya llevan años vacías. Nomás quedan los esqueletos desvencijados de las camas. La pila de cueros que le habían traído a Lucero para curtir y sacar tiento, le llamó la atención. Rascó, acomodó, giró varias veces encima y se acostó. Los primeros días, las gallinas la veían y armaban espamento, pero de escorchonas y alborotadas que son. Arriba de los mismos cueros, tiempo más tarde, parió a los hijos y la madrugada se llenó de olor a sangre y a calostro.

No puedo darme cuenta del día en que Lucero, la Lorena y los gurises se fueron. Porque cada tanto se iban a hacer sus cosas, decía, compras, hospital, jineteada. Lucero hace mucho no doma, desde que lo tiró un potro y se jodió la pierna, medio rengo quedó. Pero más herido en su sentimiento. Era un gran domador. Acá había varias fotos hechas cuadritos. Lucero con la vincha roja que usaba agarrándole ese pelo negro, pluma de tordo, que tenía. Levitando sobre el lomo del potro, una mano sujetando bien fuerte la clina, en la otra flameando el rebenque, las espuelas brillando contra el flanco del caballo. Las luces de los reflectores formaban un aura a la vuelta de él, parecía un santo. De verlo así en las fotos, se entendía que la Lorena se enamorara y se viniera a vivir con él, una gurisa de trece o catorce y Lucero un hombre grande, de más de cuarenta.

No era llamativo que se fueran todos, lo inusual fue que no volvieran ni ese día, ni al otro, ni nunca hasta el día de hoy. Aquellos perros que tenían se dieron por vencidos rápido. A mí me dio rabia, al final no eran tan fieles como siempre se dice de los perros. Pero después me dio amargura, no que se fueran propiamente, sino que perdieran tan pronto las esperanzas de ver regresar a la familia.

Partido los perros, a pesar de los desmanes que habían hecho acá adentro, rompiendo cosas buscando comida, dejando las camas sucias y revueltas, igual me sentía entera. El olor de los Lucero seguía entre estas paredes, los juguetes de los hijos desparramados en la galería, ropa tendida en el alambre, las botas de él, sucias de barro, atrás de mi puerta. Tantos años después no queda casi nada. Jiedo a madriguera, los mosaicos del piso en partes levantados, rotos por los hormigueros, yuyos brotando de las paredes, y esta lluvia de aserrín desprendiéndose de las vigas mientras las ararás cavan sus túneles, convirtiendo la madera en viejos huesos porosos.

¡Si serán podridas!

Aunque da tanto gusto en los veranos ver salir volando a las hembras jovencitas perseguidas por los zánganos, la danza nupcial, las cabriolas de la cópula y después cómo pierden las alas, unas novias arrancándose los velos, para volver a los túneles, servidas y solas. Ellos ya no tienen permitido entrar y mueren a la intemperie. Las oigo desovar en los huequitos de la madera y luego, dos o tres meses, el latido de las larvas se me presenta como una migraña, una ligera alucinación.

No sé si reconocería a los Lucero si volvieran a pasar por mi puerta. El gurí mayor ya debe ser un pedazo de muchacho, las nenas dos señoritas y el que era bebé debe estar terminando la escuela.

Tampoco sé si ellos serían capaces de reconocerme, así tapada por las enredaderas.

Pero quiero empezar contando de los tiempos de antes. Muchísimo antes de los Lucero, una parva de años antes, añares ha. Yo todavía no era una casa, ni un reparo, ni un refugio, ni cuatro paredes de adobe y un techo de ramas, pero ya era, si se entiende, parte de esta misma tierra sobre la que el espinal se extendía leguas y leguas, mucho más allá de lo que alcanzaba la vista de cualquier hombre.

Hasta este monte había llegado el eco de la muerte del general. El tirano. El caudillo en decadencia. Su Excelencia. El gobernador. Tomaba mate como cada tarde, declinando el día, en el corredor de su casa. Que con falsa modestia había llamado Posta San José, pero que la gente le decía palacio. Mate amargo, cimarrón, bien fuerte, espumoso, así le gustaba. Departía con el administrador mientras en una habitación cercana dos de las hijas, dos de más de cien, dos de las legítimas entre tanto hijo guacho desparramado por la provincia, practicaban sus lecciones de piano. Dos pianos, uno para cada una. Le gustaba el chapuceo de la música, fondo de la conversación que se iba, igual que se iba la tarde de ese lunes santo, en números, conteo de hacienda, costales de trigo, patacones, y politiquería. Era otoño y la última luz envolvía los jardines poblados de magnolias, encinas, alcornoques, palmeras pindó, araucarias, rosas, azaleas, caléndulas, durazneros, granadas, ciruelos, frutales venidos de muy lejos, pajareras con sus pájaros raros, nunca vistos por acá, el tajamar, las parras, los invernaderos, y al propio general que tomaba mate, convencido de que aún no había nacido el hombre capaz de matarlo. Desde la cocina hasta el Patio de Honor llegaba el olor a sopa y a porotos hervidos, la cena frugal de Su Excelencia los días de Cuaresma.

El general no compartía su mate. Sencillo, de calabaza con una virola de plata, también de plata la bombilla. El mayordomo con la misma pava servía el mate a su patrón y el suyo al administrador. Las bombillas cantaban a destiempo.

La yerba, hinchada adentro de la calabaza como el lomo de un escuerzo, había recorrido más de doscientas leguas desde el Alto Paraná a la galería del palacio. Algunos comprovincianos de Su Excelencia, tras ser expulsados de los campos por su policía y su ejército, habían remontado el río junto a peones correntinos, brasileros, misioneros y paraguayos, rumbo a los yerbales, atraídos por los conchabadores y su promesa de trabajo. Antes de subir a la barcaza, una jornada larguísima de mamúa y putas, y papeles firmados sin saber leer o apenas sabiendo, con una cruz por toda identificación. Desembarcaban en la selva, en procura de ese oro verde que iba a matarlos a la mayoría de ellos antes de cumplir treinta y cinco años. La mitad de la edad del general esa tarde, la última de su vida. La selva no se parecía en nada al espinal donde se habían criado. Más fuerte el calor, un infierno de mosquitos y esa mosca de la ura que anida en las carnes flacas y las va comiendo por dentro. Hasta los ranchos pobres donde habían vivido, parecían un lujo al lado de estos hechos con cañas de tacuapí. Todos devenidos mensúes, trabajando a destajo, las espaldas mordidas por el chicote del capanga.

Un camino de suplicio ajeno había desandado el costal de yerba hasta las despensas atiborradas del palacio. Indiferente a ese derrotero, el general tomaba mate y escuchaba sin interés la cháchara del administrador con una oreja y con la otra, los pianos aporreados por sus hijas.

Los sirvientes habían comenzado a encender las lámparas de gas de las habitaciones. El ruido de los cascos entrando en tropel desconcertó a Su Excelencia. Los gritos de "¡Muera el tirano!" terminaron de espabilarlo y corrió a buscar un arma para defenderse gritando también: "¡Vienen a matarme!" Los jinetes llegaron al Patio de Honor pisoteando los canteros y los caballos más nuevos se cagaron sobre las lajas del jardín de puro nervio. Volvió a salir el general y disparó. Hirió a uno en el hombro y otro le metió una bala en el costado derecho de la cara. Cayó al piso Su Excelencia. El gobernador. El general. El tirano. El caudillo traidor. Otro le pegó dos puñaladas y otro, tres.

Hasta aquí mismo llegó. No voy a decir el estruendo ni el griterío, pero algo. Un golpe de aire.

En pocos días la noticia se desparramó por todas partes. Además del tirano, dos hijos suyos fueron ajusticiados a unas cuantas leguas del palacio. El cuerpo de uno arrojado sobre el muro de un cementerio; el del otro, a un arroyo.

Los rumores zumbaban en el monte como si todos los camoatís se hubieran roto al mismo tiempo.

Tardaron, sin terminar de dar fe a lo que se comentaba, en mostrarse, en salir. Quién sabe cuánto llevaban escondidos en la entraña del espinal, cazando lo que podían sin meter bulla, haciendo fueguitos mínimos, llamitas sobre rescoldo, para no llamar la atención. Los había de todos los pelajes: indios, criollos, negros libertos los menos, pero también había. Desertores del ejército del general o gente huida de su ley. ¡Flacos! Partía el corazón mirarlos. Puro ojo. Ninguno entero. El que no había perdido un brazo, una pierna, le faltaba mucho más: la cabeza, que es lo mismo que perder el alma. Las cuencas llenas del globo blanco, pero la mirada vacía.

Parece que el tiro le entró por acá.

Dice uno y se mete entero el dedo en el agujero que tiene en su propia mejilla.

¡Chambón el que tiró! Mismo en la frente debió ser.

Ajá. Decí que otros dos lo chucearon fiero acá y acá, que si no el viejo 'e mierda estaría vivito y coleando…

¡Viva la Federación, carajo!

¡Viva!

Algunos quisieron forzarle a las hijas…

¡Merecidas!

Pero el superior no les dejó.

¡Aguafiestas!

Esa noche comieron y chuparon lindo.

¡A cuerpo de rey!

Mientras el viejo 'e mierda se iba enfriando despacito.

¡A la picota!

Debió ser… estuvieron tibios.

¡Já! Y acá lo que sobra es calentura…

Caliente estarás vos. ¡Rajá de acá, manfloro!

¡Guarda que éste, manco y todo, te manotea el pájaro!

Las risotadas estremecen el espinal. Uno los manda a callar.

¡Chito!

Maaa-chito. ¡Já! ¿Este es o se hace?

El agraviado se para de golpe y el otro también. Se quedan frente a frente. Los pechos consumidos, suben y bajan, el fuelle meta y meta.

¡Respetá a tu superior, carajo!

El agraviante sonríe. Los labios finitos y resecos se estiran sobre una dentadura incompleta.

Acá no hay más superior ni inferior ¿no ves? Todos chanchos 'el mismo chiquero…

Se apoya en el tronco de un árbol.

Capitán de mis pelotas…

Los bríos se apagan tan pronto como se encendieron.

Otro saca la limetilla de entre las ropas todas harapos. Bebe y la pasa.

Uno más abre el puño y muestra sobre la palma una taba humana.

Astrágalo, dice el que fue médico del batallón.

Estrégalo.

Refrégalo.

Murciégalo.

Trágalo.

El que la tiene en la mano, la sopla y la tira. Se inclinan todos para ver en la penumbra.

Pierde.

¡Taba culera!

¿Vamo' y vamo'?

¡Déanle!

A ver quién es el más ojetudo.

El que pierde, mama.

¡Vamo' y vamo'!

Después de salir de aquí del monte, los que salieron, porque no puedo dar fe de que todos, toditos, hayan salido, habrán pensado que podía volver cada uno a lo suyo. Pobres infelices, ¡qué podía quedar de lo de antes! Apenas llegar al primer boliche se anoticiaron: el tirano había muerto, pero la guerra continuaba. El presidente, al que todos le decían El Loco, había mandado a la milicada del ejército y estaba toda desparramada por la provincia. Sin embargo, al principio, a esta guerra la sintieron propia. Siguieron con los ojos cerrados a este otro general.

Les dieron de comer y de beber. Los pobres cristos no podían tenerse en pie.

Ropa decente. Caballo. Lanza.

Muchos, antes de probar el peso de la tacuara, sólo conocían la azada: carpir, abrir el surco, sembrar tierra baldía sobre la que anidaron con un cierto sentido de propiedad. Otros sólo habían montado para llevar y traer tropillas de acá para allá. O lucirse en las destrezas criollas. Pero, como digo, nada de eso quedaba cuando salieron de aquí.

¡La guerra pues!

Dijo el nuevo general y su voz corrió entre los espinillos y los pajonales, en las orillas de los ríos y en el corazón de los montes. A ella acudieron hombres como estos, salidos del espinal, y los que aún malvivían de su trabajo en las estancias. Se agruparon en todos los puntos de este territorio. Un rejunte de gauchos matreros y carne 'e cogote.

El general escribía su detall desde el Cuartel en Marcha. A lomo de caballo, con esa suerte de don de la bilocación que tenía: al mismo tiempo el enemigo lo veía en la costa del Gualeguay, en la selva de Montiel y en Tres Sauces. Al mando de su ejército matrero, sembró el miedo en los uniformados de quepi calzado hasta las orejas, de cañones y fusiles. Temor y a veces vergüenza, como esa vuelta que entraron a Paraná a las cinco de la mañana y sorprendieron al enemigo durmiendo a pata suelta. No hirieron a nadie, más bien les lastimaron su orgullo. Cabalgaron por la plaza central gritando y vivando al general y a la soberanía de la provincia, y luego se retiraron para no ofender a los vecinos.

Los esperaron en las afueras del pueblo, pero ni un solo quepi asomó en el horizonte…

Igual no hay que creer que fueron mansos ni que se iban en puro espectáculo. Tampoco eran improvisados, por más que no tuvieran formación militar. Mientras los nacionales necesitaban desplegar mapas y consultar brújulas para orientarse, ellos conocían el mapa mismo de haberlo pateado, por derecho de nacimiento. Muchos de estos hombres no sabían leer la letra escrita, pero podían leer las estrellas, sus dibujos y sus mañas; el curso de las aguas; las ventoleras; las huellas que dejaban los cascos de los caballos sobre esta tierra hecha un barrial de sangre.

De repente una cuchilla, presentada ante los nacionales como una simple lomada, clara bajo el primer sol de la mañana, se erizaba de tacuaras, reverberaban las puntas de acero y les caían en montón, a grito y lanza, a triunfo o muerte. Se desbandaba la milicada, disparaban sus máuser a tontas y a locas, cegados por el humo de la pólvora, por la polvareda que levantaban los pingos. Mataban y eran matados. Años duró todo eso, pero no hay cuero que aguante para siempre. Un buen día, regresaron. No volvieron muy distintos a como salieron: casi vivos o casi muertos, ya ni sé. Y aquí se quedaron hasta el día de hoy.

La Miní se despierta loca de sed. Se para sobre sus cuatro patas, la lengua afuera. Los cachorros se entretienen con el mosquerío que se juntó sobre los restos del lagarto. Una nube verde brillante, que zumba y destella. La Miní rumbea para el arroyo. Enseguida se pierde entre el yuyal, por el sendero que abrió ella sola de ir y venir desde que la única agua que hay cerca es esa, aunque el Mosca, como le decimos acá, está bajo. Las orillas son una costra de tierra reseca por la que la perra, los zorritos, algunas vacas cimarronas que quedaron en el monte, y cuanto bicherío chico se le ocurra, bajan a beber. Pensar que en los buenos tiempos al Mosca lo alcanzo a ver desde acá, cebado de lluvia, ostentando su barriga de plata, cuando no derramándose, tocando con su cola mi puerta.

¡Ay, Mosca, angurriento en los agostos, pobre pellejo en esta seca inmunda!

Sin embargo, todavía tira. Alcanza para que la galga nade en el líquido turbio, para que florezcan, azules, los camalotes que ella separa con su cuerpo como una pequeña piragua. Para que las garzas lo despiojen de raquíticas mojarras y esplendan rosas los huevos de los caracoles, un puñado de perlas en el barro.

¡Ánimo, compañero! Vendrán las lluvias, le garanto.

Bravo es, también. No traidor como he escuchado a gente de por acá decir. El Mosca no es traicionero, si no, más bien, algunos son confianzudos. Mismo animales. Algún becerro zonzo terminó ahogado igual que gente. Unos por creerse más que él. Otros, digo yo, obnubilados por ese cuero tirante y brilloso que se le pone los días calmos. ¿Quién no querría hundirse en ese sueño de escamas?

Allí tenían prohibido acercarse los gurises de Lucero. La Lorena era de más aprensiva. El padre les había enseñado a nadar y a tenerle respeto al Mosca. Pero ella siempre con el corazón en la boca. Era buena madre, pero tal vez muy gurisa. Los chiquitos eran obedientes y le hacían caso en todo. Pero el Mosca era un anzuelo demasiado hermoso. Mientras los padres sesteaban en el verano caliente, en cueros todos y el bebé también, abiertas las ventanas que formaban una corriente de aire fresco, los tres gurises se levantaban sigilosos y se escapaban al arroyo. Yo los miraba desde acá, el ojo vigilante, encomendándoselos al Mosca que nunca me falló. El mayor, juicioso, cuidaba a sus hermanas y siempre se las arreglaron para volver a meterse secos en la cama antes que los padres despertaran.

A esta Colorada le gusta de más pescar arañas entre las junturas de mis ladrillos. El pico atraviesa las telas densas como flema que arman las desgraciadas y ¡tic! las agarra y se las zampa. Hemos llegado a un entendimiento, cómo decirlo, particular. Acá hay muchas gallinas y gallos, la mayoría son coloradas porque han ido saliendo más o menos de las mismas madres, pero con esta siento un metejón especial. Será porque en esos picotazos que da para comerse las arañas, también siempre algún pedacito de mí se lleva.

Ahora la estoy viendo caminar, muy oronda, hacia el tanque australiano mientras las otras están medias desvanecidas abajo de los árboles, buscando un poco de fresca. Qué andar de señora fina tiene, nada que ver con el embrollo de patas y aleteos que son las otras, siempre escarbando y corriéndose entre ellas. La Colorada camina como sabiendo adonde se dirige. Abre las alas y se impulsa hasta el borde. No vuela, flota, suspendida como un fuego fatuo a media mañana. Con qué delicadeza se agarra. Inclina la cabeza hacia un lado y hacia el otro. Cuando está aquí, pegada a la pared, también hace ese gesto de querer entender… no algo, sino ¡todo! El ojo cristalino reflejará ahora mismo el agua encharcada, podrida. Está loca de sed, pidiendo lluvia, igual que todos. Empalagada de beber de las hojas de las tunas o las pocas gotas de rocío que recoge en las mañanas.

¿No parece una llamarada?

En una época, antes que apareciera la Miní, ponía sus huevos aquí en la cocina. Fue trayendo de a poco yuyos secos, ramitas, porquerías que encontraba por ahí, pedazos de trapo, plumas, y se armó un regio nido en el cajón de la leña. Era una maravilla verla poner, las plumas infladas la hacían parecer el doble de su tamaño, la cloaca dilatada, con los bordes rojos, el huevo asomando como una cara de la luna. Haciendo fuerza hasta expulsarlo completamente, acelerado su pequeño corazón con forma de piedra. La cresta iba bajando su color hasta volverse transparente. Después no cantaba como hacen las otras, no. Cada vez hacía lo mismo, día tras día, se quedaba mirando el huevo tibio con esa manera que digo de torcer la cabeza y acercar un ojo, como si ella tampoco pudiera creer que eso había salido de su cuerpo. Por alguna razón que desconozco, nunca se puso clueca, nunca empolló los huevos que se echaban a perder o se los comían las comadrejas... no es que los machos no le hicieran caso, la he visto pisada por los gallos, el lomo pelado. Es más bien como que lo que para las otras es ley, para ella es un misterio.

Los días de invierno, a la hora de la siesta, cuando el sol logra meterse entre los árboles y da acá adelante, la Colorada viene y se arrima contra la pared que se pone calentita. Hace un ruido, un ronroneo bajito.

Ha sobrevivido a los zorros, a las comadrejas. La he visto pelear con una yarará y molerle la cabeza a picotazos. A veces pienso y me alegro de que haya nacido cuando los Lucero ya no están, ahora que no corre peligro de terminar en el puchero.

Pico a pico y brazo a brazo en la pelotera.

¡Linda yunta!

Cabal.

Días de vichar y vichar nomás, de balde estábamos.

¡Lindo era, igual!

Meta guitarra, echando sebo.

Güeno estaba. Pero más güena la pelea.

¡Meta guasquiar milicos!

Entrábamos matando a lo diablo.

¡Ah, mal haya!

Uno me ató las bolas y rodé con el caballo.

¡Ladino fue!

Ni lerdo ni perezoso me levanté y ahí nomás lo chucié fiero.

Todas las achuras pá fuera.

¡Qué festín pá los caranchos!

La noche de la guerra durmiendo con un solo ojo. Uno cerrado, el otro abierto al cielo escarchado de estrellas. El aire eléctrico de la noche traía voces, música de guitarra, relincho de caballos, ayes de los heridos. Lo traía de allá p'acá y de acá p'allá. Otros caballos, otros heridos, otras guitarras, otras voces. Sin embargo, iguales.

Linda la guerra… nunca nocturna, siempre al ras del día. Para verse las caras, los dientes apretados, los ojos saltones de hacer fuerza, los chijetes de sangre. Lindo el entreviero en el campo de batalla. El tin-tin de los aceros, el refucilo del máuser.

Puy puy puy ¡el julepe!
¡Zape, diablo!
¡Juira, huesuda!
¡Viva la Federación, carajo!

Tediosa la guerra también. Limbática, aletargada. El viento norte, su soplo caliente en los cueros, las cicatrices. Las pelotas escaldadas adentro del chiripá. El campamento tembleque al rayo del sol, un espejismo. La vaca muerta, recién carneada, la sangre coagulada sobre los pastos. El mosquerío. Los sorbitos de caña. La chacota. La lenta maniobra del entrenamiento.

La guerra forma familia, improvisa bautizos: Chumbiao, El Tuerto, Teruteru, Mameluco. Cava tumbas. Rigorea. Enamora la guerra, hembra bellaca, corcoveante yeguariza.

¡Qué mecha para un candil!

Puy puy puyyyyyy.

El patrón se apersonó antes que la policía, él les llamó. Para esa época hacía rato que los perros se habían marchado. Rato, ratísimo, que los Lucero no habían regresado. Me acuerdo clarito que los perros ya no estaban porque nadie salió a torear cuando el patrón se llegó hasta acá, donde todavía era patio, a lomo de su caballo. Tan silencioso, él y el pingo, que no me di cuenta hasta que estaban aquí mismo. Raro también él a caballo, si casi no bajaba el culo de la camioneta. Una nueva con cada cosecha. Tampoco ese día se apeó. Miró desde arriba del gateado joven que caracoleaba en su sitio y tuvo que ajustarle las riendas para obligarlo a darme toda la vuelta. El patrón se inclinaba para vichar por las ventanas, como si esperara ver algún movimiento o justamente para asegurarse de que nada dentro de mí se moviera.

No era bueno cuando él aparecía. Ni él ni los anteriores. Su abuelo, su padre, los que habían sido patrones antes que él. Será que ni al monte ni a mí nunca nos ha gustado que nos sujeten, que nadie se crea nuestro amo por más papeles de propiedad que tengan. Nosotros, siempre orejanos.

Pero esa es otra historia que ya iré contando. O no. Mi cabeza va y viene y a veces me enriedo como la pasiflora en los alambrados y ya no sé dónde empiezan y dónde terminan mis pensamientos.

Después de darme una vuelta enterita con el caballo, lo vi meterse en el manchón de espinal que quedaba en ese tiempo. Apenas un bocado que los sembrados no habían llegado a comerse. Algo de monte, acá nomás, cerrado como un puño. Allí se metió el patrón con el gateado que, pobrecito, no estaba acostumbrado. Desde acá escuchaba los relinchos, el animal asustado encogiéndose para pasar entre los espinillos, respingando con los rajuñones que le abrían su hermoso cuero marroncito y, peor aún, las espuelas hincando los flancos y los gritos del patrón ordenándole meterse donde el infeliz no quería ni sabía. Al rato salieron por aquel lado y pasaron por el camino a galope tendido.

Con todo lo que me disgustaba, un poco de alma me volvió al cuerpo con su aparición. Ahora él también se enteraba de que los Lucero no habían vuelto. Meterse al espinal a buscarlos, si es que eso hacía, era de chambón. ¡Qué iban a hacer ellos en el monte! El único que a veces entraba, solo, a buscar leña o porque sí, porque le gustaba esa soledad de pájaros, de avispas, de ramadas que apenas dejan pasar unas hilachas de sol era Lucero. A la Lorena le daba miedo lo que podía haber ahí adentro, por desconocimiento. Y a los gurisitos les tenían prohibido ir más allá del tala. Vaya a saber por qué el patrón pensó que podían estar allí. Si es que entró a buscarlos, digo.

Ahora alguien podía buscarlos y traerlos. Porque si hay algo que ningún patrón perdona es el abandono. Mejor dicho perder algo que piensa que es suyo: hacienda, cosecha, peones. Entonces yo no pensé que tal vez estaban mejor donde fuera que estuvieran. Que tal vez se habían ido por decisión propia. Yo nomás quería tenerlos de vuelta.

Ahí viene la Miní, los pelos blancos sucios por la zambullida. Unas sanguijuelas le cuelgan de los garrones. Busca una sombra y se sienta a arrancárselas con los dientes. Su propia sangre le mancha el hocico.

Me gusta tener a la perra conmigo. Ella y sus perritos y algunos trastos que se van transformando con el paso de los años, cosas de ellos, de los Lucero, son lo último que hace de mí una casa, si se entiende. La pava, sucia de tizne, que Lucero cuidaba como un tesoro. Le recordaría sus tiempos de tropero, cuando vagaba de un lado a otro, con poco más que un caballo, esa pava, el mate, su cuchillo y una olla negra de tres patas. Lo primero que hacía cuando se levantaba, al alba, era encender fuego y poner a calentar la pava. No prendía ni una luz, aun en el invierno cuando seguía siendo noche cerrada. Se sentaba casi encima de la cocina, en un banquito petiso, y las llamas le iluminaban la cara, la nariz aguileña, los pómulos altos, los ojos como dos rendijas apenas abiertas debajo de las cejas tupidas. Tomaba mate y armaba un cigarro. Metía una ramita en el fuego y lo prendía. El olor de la yerba caliente y de su primer tabaco del día y del ñandubay que se iba haciendo brasa, eran mis olores cada mañana.

La primera noche que la Lorena se quedó acá, se apareció en la cocina cuando él recién arrancaba el mate, toda cariñosa. Lucero no le contestó los buenos días, ni la miró siquiera. En voz baja, seco, le dijo: volvé a la cama.

Pobre gurisa.

Una media hora se quedaba así, mateando y fumando, solo. Al último mate lo terminaba afuera y lo vaciaba en los yuyos y también en los yuyos, meaba. Verano o invierno. Los pastos blanqueaban de helada y del chorro de orín salía humo como si fuera la misma agua caliente con la que servía el mate. Mañas que tenía.

Las arañas han tejido tanta tela alrededor de la pava que parece vestida al crochet.

Las botas altas de goma que quedaron embarradas acá atrás de la puerta, se fueron torciendo con la calor, partiendo, poniéndose duras como si estuvieran hechas de lonja de cuero. Un día, una laucha las usó de paridero… cuando vi las crías rosaditas asomando por las rajaduras, se me figuraron los deditos de alguna de las gurisas que a veces se las ponían para jugar.

La ropa, los colchones, los juguetes, los cuadritos con fotos de cuando Lucero jineteaba, del bautismo de los gurises, de algún cumpleaños, mismo ollas, fuentes, vasos: se lo llevó la familia de ella. Un poco de recuerdo y otro poco de necesidad porque eran cosas que se podían seguir usando.

Las camas no. Las camas quedaron desmanteladas. Y el moisés del bebé tampoco, aunque estaba nuevo. La policía, que vino antes que los parientes, también se llevó cosas. Una rastra hermosa de cuero y plata, las botas de potro de Lucero ¡esas sí se las llevaron!, algunas herramientas. No era gente que tuviera mucho.

Para cuando llegaron los milicos, los perros habían partido hacía bastante y esto era un pulguerío infernal como cualquier tapera. No les daban las manos para rascarse. ¡Qué plato!

Se hurga el molar amarillo con la uña. La vista se pierde en lo espeso. De a ratos se aparta de los otros, la cabeza le zumba de tanto griterío y chapuza. No salieron nunca de la guerra, aunque eso pasó hace un siglo. El tiempo acá es otra cosa. Una espiral continua que los mantiene juntos, una desgracia sin fin. Son un batallón de miseria. Unidos por el hambre, la sed, el frío que alguna vez tuvieron.

Pero a él algo todavía le queda, un resplandor de los tiempos de antes, donde tuvo un hijo. Ninguna otra cosa. Los pobres solo pueden tener hijos hasta que crecen y se van a tener también lo único que van a poder: más hijos.

Se acuerda clarito la cara del gurí, los ojos rasgados, el pelo chuza, renegrido. Un mocito comedido y despierto, siempre entre sus verijas, ayudándolo con esto y aquello. Le enseñó a montar apenas supo caminar. Pintaba para buen laceador, estaban practicando juntos. Esa mañana cuando él se unió a las tropas del general, el gurisito lo abrazó fuerte y no lo soltaba. Lo escuchó lloriquear y él también sintió ese nudo que no se iba a desatar ya nunca más.

Lléveme con usted, papá.

En unos años vuelvo a buscarte, m'ijo.

Sabía que la guerra iba a durar mucho, que le daría tiempo al hijo de crecer y volverse un muchachito. Se imaginó peleando lado a lado con su retoño.

Va a estar güeno, dijo en voz baja.

Y desprendió a la criatura, la puso bajo la guarda de la madre, montó y se fue sin mirar atrás.

Después no supo por qué no volvió.

A veces, cuando todo está calmo le parece escuchar la risa del gurí, sus pasos entre los yuyos. Sale atrás del sonido, empieza a correr él también entre los caraguatás y las matas de revientacaballo. A esta altura ya ni siente las espinas, nada puede lastimar su cuero curtido, medio verdoso de vivir a la sombra. Nunca da con el gurí. Capaz son ocurrencias suyas o es que el mocoso aprendió a correr a toda velocidad y le saca ventaja a su padre viejo.

Él corre por el espinal hasta echar los bofes. Persiguiendo la alegría de esa risa que, por el esfuerzo de la carrera, parece el gorjeo de un pájaro.

Hurga el molar amarillo. El dedo entra por el agujero que tiene en la mejilla.

Un balazo.

Un sablazo.

La bichera.

Está pesada la calor. Casi la puede tocar así como toca su molar podrido. Llena de motas minúsculas: polen, polvo, insectos nimios.

Lucero llegó como habían llegado otros a lo largo del tiempo: solo. Vino bajando desde Corrientes, donde era nacido y criado, medio guacho. A los once o doce empezó a rodar por los campos, haciendo changas, durmiendo acá y allá, donde lo agarrara la noche. Domando potros. Se había hecho fama en las jineteadas. Y es que era un lujo verlo, decían todos. Por las fotos que estaban acá, en unos cuadritos, se veía que era bueno. La cosa es que apareció un día para hacer unos trabajos. Hacía tiempo que no vivía nadie fijo y al patrón le gustó Lucero. Era trabajador y no tenía más vicio que su tabaco. Se acomodó en un catre que había aquí en la cocina. Entonces yo era apenas una pieza de adobe, con puerta y ventana y el alero que después se armó este corredor que hay ahora. Él tenía unas pocas cosas. La pilcha que usaba los fines de semana cuando había doma. La muda que llevaba puesta y otra más, de fajina. Mucho tiempo estuvimos los dos solos. A mí también me gustó enseguida Lucero... no es que tenga quejas de los hombres anteriores que vivieron aquí. Pero la primera vez que él entró sentí ganas de que se quedara. Entró como con un respeto. Puede parecer una tontería, pero me acuerdo que se sacó la boina que traía puesta y la colgó en un clavo que había en la pared. Después abrió la ventana y se quedó mirando para afuera. Salió, juntó leña, prendió la cocina. Armó una escoba con ramas de chilca y barrió el piso, sacó las telas de araña que colgaban del techo. Calentó agua y se sentó abajo del alero a tomar mate.

Como si siempre hubiera vivido aquí.

Al principio evitaba encariñarme porque nadie se quedaba mucho tiempo. Un poco porque estos hombres van y vienen, están acostumbrados a esa vida sin atarse a nada. Y otro poco porque también el patrón siempre fue difícil, los peones no le duraban mucho.

Lucero se halló enseguida. Se pasaba casi todo el día afuera, trabajando. Cuando hacía fuego a la mañana temprano, dejaba un ñandubay bien grueso que se iba consumiendo despacito, pero todavía era brasa cuando él volvía. Arriba de la cocina dejaba una olla llena de agua, para bañarse a la vuelta. Entonces todavía no había baño acá adentro, no había esas comodidades. Apenas un excusado en el fondo. Ponía un fuentón grande en aquel rincón, se desnudaba, se frotaba con jabón blanco de la cabeza a los pies, después se echaba agua con un jarro. Se ponía ropa limpia y ahí en la misma agua del baño ya lavaba la camisa. Todos los días religiosamente. Recién después se hacía un mate y preparaba la comida. El olor a humo a la mañana bien temprano y el olor a jabón, a limpio, de las tardecitas… llena estaba yo de esos olores.

Se llama Damián. Damián Lucero. Un nombre bonito, ¿no? Nunca lo usaba. Para todos era Lucero a secas. Mismo para la Lorena, rato después, cuando se conocieron.

Habremos estado tres o cuatro años, Lucero y yo. Siempre encontraba con qué entretenerse. Remendar alguna grieta, tapar goteras… Le gustaba el silencio, pero a veces hablaba en voz alta, necesitaría oír una voz, no sé, aunque fuera la propia. No es que hablara solo como los locos, no. Me hablaba a mí. Me contaba cosas. De cuando era gurí. Uno de los hermanos del medio, de nueve o diez, no se acordaba ni sabía si después de irse habrían seguido naciendo otros. Su madre, decía, era buena para acollararse un tiempo pero, para hacer espacio en el rancho tan chiquito donde vivían, nacía el hijo y salía el marido. Lo fletaba apenas se recuperaba del parto. Él, de su padre, sólo tenía ese nombre tan lindo: Damián. Tal vez por eso no lo usaba, para guardarlo para él. Del mismo modo que los hombres, también los hijos y las hijas se iban yendo apenas podían encontrar el pan en otra parte. No sentía la falta de familia. Cuando se fue, siendo gurí, ya sabía que era para siempre. Una vuelta, en una ronda de gente después de una jineteada, todos tomando vino, llegaron a la conclusión con otro muchacho de que eran hijos de la misma madre. El otro, en realidad, llegó a esa conclusión. Lucero no se reconoció en el hermano. Podía ser, decía, como podía ser cualquiera... Después, cuando su hijo mayor estaba crecido, a veces se lo quedaba mirando un rato largo mientras el gurí jugaba con los perros o las hermanas. ¡Cuántas cosas se le cruzarían por la cabeza!

En ese tiempo que vivimos solos, nunca trajo una mujer acá. Aunque no le faltarían, era un hombre guapo y tendría arrastre. A veces llegaba tarde y tenía ese perfume dulzón y pegajoso que usan algunas mujeres... pero no más que eso.

Antes de traer a la Lorena, cayó con la Sultana. Era una cachorrita preciosa. Así como los perritos de la Miní, todavía tenía olor a leche. Llegó con ella metida adentro de la camisa. La puso en el suelo y le dijo:

Esta es tu casa.

La Sultana chiquitita anduvo por todos lados oliendo, reconociendo el terreno como quien dice, aquerenciándose.

Esta es tu casa.

Me gustó que lo dijera. Porque entonces yo también era su casa.

Y si de alguien fui alguna vez, ha sido de él. Como dije no me gusta que nadie me ponga el lazo, pero Lucero, y después su familia, han hecho de mí una casa. Aunque yo ya tuviera tantísimos años como tenía, aunque ya tuviera mis puertas y ventanas y alero y un catre donde habían dormido tantos hombres a lo largo y lo ancho del tiempo, no era yo realmente una casa. Seguía siendo un refugio, un reparo, un techo debajo del cual se dormía. No más que eso.

Antes de la llegada de la Sultana, había armado un gallinero y traído algunas de las coloradas que vienen a ser las abuelas de esta Colorada que decía recién. Y más por allá, un chiquero. Alejado para que no apestara todo esto los días de calor y viento norte. Durante el día, chanchos y gallinas andaban sueltos, entreverados unos con otros. Esos animales eran de Lucero, los había comprado con su propio trabajo. Eso no le gustó mucho al patrón, esa determinación de su empleado, esas ganas de tener lo suyo.

En los ratos libres, fabricaba una mesa, una silla, unos estantes, con madera que sacaba de este mismo monte. Es un hombre habilidoso.

Capaz ahí empezó la desconfianza del patrón que pensaba que los peones eran vagos y estaban nacidos para cumplir órdenes: cuánto más fuerte se las gritara mejor les entraba en la mollera dura esa que tenían. Por un lado, le convenía Lucero, como digo era un buen trabajador y cumplía, se estaba afincando aquí, eso también era conveniente porque no se iba a ir como tantos, de un día para el otro, sin decir agua va. Pero por otro lado, había una dignidad en Lucero que al patrón lo ponía inquieto. Esa manera que tenía de mirar directo a los ojos, en un trato respetuoso y altivo al mismo tiempo. Con los años, todo eso habrá ido madurando, digo yo.

El siseo de la piola remonta el aire quieto.

Uno para la oreja.

Shhshshh. Sentí.

El otro también atiende.

Otra vez la Gringa.

¡Gringa loca!

Se quedan callados conteniendo la respiración. Enseguida se oye el quejido de la rama doblada por el peso. Poco peso, la mujer es de más flaca y lo que lleva en su barriga no pesa más que un puñado de semillas.

¡Porfiada es!

El cuerpo de la Gringa pende con gracia de la rama, las puntas de los pies tocan el suelo, el mentón sobre el pecho, la melena larga, suelta, amarilla, cae hacia adelante, cubriéndole la cara. Anda descalza y enseguida las piernas y los dedos se vuelven azules. Debajo del lazo, el surco ancho, rojo, y un poco de sangre oscura cae de la nariz sobre los labios blancos y resecos. Asoma la punta de la lengua.

Dos por tres, la Gringa se cuelga.

Repite con pequeñas variaciones el acto último que la tiene varada en el espinal. Cambia de árbol. A veces en lugar de apoyar los pies en el suelo, queda de rodillas, o completamente en el aire, meciéndose en el sopor de la noche: bicho canasto, camoatí.

Su historia es conocida: mujer de patrón; preñada de un indio conchabado en la estancia.

Al rato se descuelga con delicadeza. Tose un poco, se limpia la sangre con el dorso de una mano. Enrolla despacio la piola y se la pone al hombro como antes supo llevar la cartera, los días de misa: adentro un pañuelo bordado, la polvera, alguna chuchería, un caramelo de miel. Plata nunca. La mujer de un hombre rico anda sin necesidad. Entra al almacén y toma lo que quiere. Después él arregla. Viene un turco a su casa y ella elige zapatos, vestidos, piezas de tela, perfumes. No pregunta el precio. Ni siquiera sabe cómo es el dinero ni cómo se llama. Nunca lo ha visto.

Ahora es dueña de su soga y del costurón que le rodea el pescuezo y que luce con la cabeza erguida como antes las vueltas de perlas que le regalaba el marido para los aniversarios. Cuando la velaron, le pusieron todos los collares juntos para tapar la marca. Parte de ese dinero que nunca vio, olió ni tocó sirvió para pagar al juez, al cura y a los sepultureros. Velatorio, capilla ardiente, parcela en el camposanto.

Se acerca un poco enclenque a los hombres desmañados en el suelo. Unos fuman, otro pela una ramita con su cuchillo. Antes le desconfiaban, ahora es una más de ellos. El espinal termina igualando a todos.

Señora… dice uno y se toca el ala del sombrero.

La Gringa se deja caer sobre el pasto, la falda del vestido se levanta, los muslos pálidos descubiertos y más arriba el relumbrón de pelo colorado. Uno se queda mirando lleno de intención, pero a la Gringa no le importa.

Que engorde la vista el pajarón.

Extiende la mano y hace el gesto de pedir un tabaco. Uno le arma, le alcanza, le arrima el yesquero. Se saca del hombro el rollo de soga y lo deja al lado. Una mano apoyada encima como si calmara a un animalito.

En su presencia, los hombres que siempre andan jorobando, se vuelven chúcaros y por un rato apenas dejan salir alguna palabra suelta que no se entiende.

...lero...

Ajá.

¡Puy puy puy!

...hijue...

Güe.

Para la Gringa, lo mismo que si escupieran oraciones completas. Nunca terminó de aprender la lengua. Y de su boca tampoco sale nunca nada. La garganta a la miseria por el berretín ese de ahorcarse a cada rato. Ni falta que hace hablar. Tan solo soltar humo. Espantarse alguna mosca. Acordarse de su indio. Con él tampoco necesitaban hablar. La boca estaba para otra cosa. Todo el cuerpo. La lengua para otra cosa. No fue por vergüenza propia. Ni por la vergüenza del marido. Ni por su amante ni para salvarlo de terminar hecho cadáver.

Tomó su lugar porque podía.

Los hombres balbucean hasta que uno, que siempre anda escorchando con las adivinanzas, logra soltar una entera.

Cinco hermanos desiguales

que están dentro de pellejos de animales.

Jué pucha, está difícil esa…

La Gringa sonríe y agita una mano, con la otra hace el gesto de ponerse un guante.

¡Cabal, señora! Si serán gauchos brutos ustedes. La señora sabe.

A mí no me levantó ningún patrón. Por eso yo los desconozco.

Fueron esos tipos que andaban de acá para allá, trabajando de esto y aquello según la temporada, vagando. Abrieron un claro aquí en el monte, a golpe de hacha y machete. Mandados por algún capataz a tumbar árboles para vender la madera o hacer carbón. Dos hombres por árbol, uno de cada lado, los filos de las hachas entrando a ritmo en el tronco. Un sonido les salía como viniendo de la panza cada vez que metían el hacha y el monte se llenaba de ese ruido medio bestial. Cuando vieron el hueco que quedaba en el espinal habrán pensado por qué no hacer algo, levantar unas paredes, un techo de ramas. Un bendito para pasar la noche y protegerse del frío, la lluvia, los animales. Había lo que hacía falta: tierra, agua, bosta, paja brava.

Ese fue mi origen.

No fue de la noche a la mañana. No fue decir: hágase la casa. Fui lo más parecido a cualquiera de estos árboles, de estos yuyos. Creciendo un poco cada tanto, irguiéndome palmo a palmo. Un buen día pusieron un techo sobre mis hombros. La caña recién cortada, en luna menguante, olía a savia y aún goteaba allí donde la había herido el machete.

¿Cuántos hombres eran esa vuelta? Tres. Cuatro. Seguro más de dos. Hubo fiesta. Hicieron fuego, tiraron unas carnes, tomaron vino. Uno cantó. Después, ceremoniosos, entraron y se tiraron a dormir sobre los recados. Por el agujero donde alguna vez alguien iba a poner una puerta, pero entonces solo era agujero, entró el resplandor de la fogata hasta consumirse, casi al alba. Así estuve yo mi primera noche, iluminada como si fuera un altarcito.

Tras ellos empezaron a llegar otros. Era como si se pasaran una contraseña, porque ¿de qué modo sabrían de mí, tan metida como estaba en la entraña misma del espinal?

Las más de las veces era un jinete solo. Si hacía demasiado frío o llovía, se metían hombre y caballo. El animal dormía parado; el hombre sobre el cojinillo. Mascaba charque, fumaba un tabaco, dibujaba una cruz de sal donde venía a ser la puerta, para que no entraran los que viven en el espinal. Igual que a Lucero, a esos solitarios les gustaba hablar en voz alta. Digo yo, sería para no perder la costumbre de ese sonido humano que ya no era tanto de persona y se parecía más a un relincho. ¿Cómo explicarlo? Levantando la voz al comienzo de la frase y después perdiéndose en un enriedo de sonidos difícil de entender y otra vez subía el tono y así, parecido al relincho del caballo que le respondía. Claro, eran familia.

Lucero llegó sin caballo. Creo que ser el dueño de uno habrá sido una ilusión que nunca pudo cumplir. Él que domaba potros ajenos. Cuando se quedó acá el patrón le dio uno, si no ¡cómo iba a trabajar! Lo cuidaba como si fuera suyo. Como a mí. Un tobiano hermoso. Siempre que ellos se iban a hacer sus diligencias, el animal quedaba suelto para que pudiera comer, tomar agua. No se iba lejos, merodeaba por aquí hasta que los Lucero regresaban. Recién ahora me doy cuenta que no tuve más noticias del tobiano de esa vuelta, cuando ellos salieron y no los vi más. Y eso que el caballo es como el perro: sabe volver, siempre vuelve.

A veces pasaba un tiempo largo sin que nadie viniera. Yo un poco extrañaba la compañía, velar el sueño de esos forasteros, sentir que les estaba dando mucho más de lo que poseían en cualquier parte: un techo, abrigo. Algunos volvían a pasar tal vez añares después. Se sorprendían de encontrarme donde me habían dejado o capaz la sorpresa era reconocer algo de un lugar que pensaban que pisaban por primera vez.

Pero mirate, si vos sos aquella casa, seguís en pie vos… ah, pero te ha agarrado un ventarrón, mirá cómo te ha quedado el techo.

Y ahí nomás ponía mano a la obra, se adentraba en el monte, volvía con cañas nuevitas, relucientes de verdes, y remendaba lo que alguna tormenta había dañado. Limpiaba las bostas que dejaban los animales o los restos de pelo de alguna parición de zorros, quemaba unos yuyos para sacar los olores. Me adecentaba, como quien dice. Yo, que me había asilvestrado en esos tiempos ociosos, volvía a ser lo más parecido a una casa.

Esto fue antes del primer patrón y después de que se terminó la guerra. Cuando cualquiera podía entrar y tomar del monte lo que necesitara.

Luego vino un gringo, en esas épocas en que los traían de a miles en un barco. A ese nunca lo conocí, pero fue el que puso los alambrados y soltó su ganado. Entonces era frecuente que los hombres llegaran en montón, el trabajo así lo requería: marcar vacas, capar terneros, arriarlos y llevarlos a vender en el mercado.

Me apabullaba tanto ir y venir de gente, algunos se ganaban a dormir acá adentro, los más viejos; el resto se desparramaba donde podía, armaban fogatas, guitarreaban por las noches. Se ponía animado. Estaban los que sabían cantar o recitar; y los que eran habilidosos para imitar a los pájaros. Esos me gustaban: empezaban con los chiflidos y era como si el monte estuviera despierto en la misma noche. Mochuelo, urutaú, brasita de fuego, loica, monjita, tuyuyú. Pajaritos que acá no hay, pero ellos habían aprendido a copiarlos en esa vida nómade que tenían.

A medida que corría la bebida, también se ponían guarangos y peleadores. Más de uno no ha salido nunca de aquí, si se entiende. Total reclamar ¿quién iba a reclamar?

Varios días, una semana tal vez, era esa tal romería. Cuando terminaban se iban juntos así como habían llegado. El monte y yo quedábamos envueltos en la cerrazón de polvo que levantaban las patas de reses y caballos.

La familia de la Lorena vino unos días después que la policía. Llegaron una mañana la madre y un muchacho y una muchacha que serían los nietos. Le decían Tata. Una mujer canosa, delgada, con manos grandes, uñas cortas. Los tres solos en un auto caído a pedazos. Manejaba el muchacho.

La mujer entró y se quedó parada cerca de la puerta un momento, mirando. De no ser por unas sillas que movieron los milicos para sentarse y las cosas que tumbaron los perros y ahí quedaron sin nadie que volviera a ponerlas en su lugar, todo estaba más o menos como cuando vivían los Lucero. Claro que ella no había entrado hasta esa mañana. Miraba, digo yo, tratando de ubicar en el espacio a su hija, su yerno y sus nietos, de hacerse la idea de cómo era con ellos adentro.

Le ordenó a la nieta que abriera las ventanas y la chica entró despacio, temerosa. El muchacho la siguió y abrieron todo. Bastante chúcaros eran. En cambio la mujer se metió en las piezas, revisó cajones, después volvió adonde ellos seguían parados como dos pavotes y dijo: no se llevaron nada.

Armame un tabaco, Celso, le pidió al chico y desde su sitio miró de nuevo a un lado y al otro.

Celso prendió el cigarro y se lo alcanzó.

Dio unas pitadas y agitó la mano para ahuyentar el humo.

¡Adónde se iban a ir con lo puesto!

Dijo levantando la voz.

Yo no me creo nada el cuento ese…

Los nietos seguían ahí mudos.

Todavía fumando se paró y dio unas vueltas más. Se detuvo y miró las fotos que estaban colgadas de la pared, acercando la cara a los cuadritos.

Miralo al Nando… es igualito al Gastón. Y las mellis. Estos vestiditos se los regalé yo. Más lindos les quedaban.

Se le empañaron los ojos y salió. Respiró profundo, miró el monte, fue hasta el tala y sintió un mareo. Se apoyó en el tronco y vomitó. Los gurises escucharon las arcadas y salieron. La gurisa le sostuvo la cabeza.

¡Andá a traer agua!, le gritoneó al Celso. Tan mosca muerta que parecía.

El pobre gurí abrió la canilla pero no salió ni una gota. Se avivó y fue a sacar agua de la bomba.

Le alcanzó un jarro a la Tata que se enjuagó la boca y tomó unos tragos. Apoyándose en el brazo de la nieta, volvieron a entrar y se sentó. Parecía que, de repente, el mundo se le había venido encima. El Celso le armó otro cigarro y cuando quiso prenderlo, le dijo que no, que podía sola.

Siempre mojás el papel y no me gusta.

Mientras ella fumaba, la gurisa le acariciaba la espalda.

Encorvada, los brazos apoyados en las rodillas, echó humo despacio un rato mirando el piso.

Este lugar me hace acordar al monte donde pasé una temporada con mi padre. Tendría diez años yo y era buena para hachear. La mamá estaba de encargue y como yo era la mayora, mi papá me trajo con él, para ayudarlo. Vivíamos en un ranchito menos de la mitad de esta casa. Muy parecido acá era. Capaz sea el mismo sitio y todo.

Después hizo un gesto con el cuerpo, sacándose de encima a la nieta que seguía frote y frote el lomo, y se puso de pie, de nuevo como la que había llegado: una mujer determinada.

Se sacó la campera y la puso estirada arriba de la mesa. Descolgó de a uno los cuadritos de las fotos y los fue poniendo sobre la prenda y cuando terminó, hizo un atado y les dijo a los nietos: ¡vámonos!

El auto se fue por el camino tosiendo como un perro viejo.

No sé si ella estuvo de gurisa. ¡Tantas almas han pasado por acá! Cierto que hombres solos con hijos, menos. Pero mentiría si digo que me acuerdo. Puede ser. Era tan grande este espinal y habrá sido tan parecido a otros. Aparte cómo iba a reconocerla yo si estuvo acá de gurisita. Ni a los hijos de Lucero les reconocería si pasaran por esta puerta, ahora, tanto tiempo después.

Sí me acuerdo cuando los hacheros vinieron de a montones. Los árboles caían con estruendo, el piso se movía abajo mío. Eran tantos que el espinal encandilaba con el filo de las hachas. Los pájaros y todo el bicherío salían a la disparada. Se levantaban nubes de avispas y abejas de los panales hechos pedazos. Los loros chillaban como unos condenados.

La Gringa observa la casa que el monte ha ido trayendo cada vez más cerca. Se acuerda de la última gente que hubo, una familia entera. De los días en que se entretenía vichando sus movimientos: el trajinar de la mujer haciendo las tareas de la casa, tendiendo ropa, alimentando a las gallinas, lavándose el cabello largo, peinándose y sentándose a secarlo bajo el sol. Los mechones goteando, haciendo nada más que eso: esperar que el pelo se oreara. A la Gringa, que en su época se había dado maña con los pinceles, le entraban ganas de pintar un cuadro: la muchacha con la cara levantada, la luz de la siesta cayendo sobre el pelo mojado. La había visto panzona, parturienta, sin poder dormir, los pezones lastimados mientras amamantaba, lavando pañales, acunando hijos, guiándolos de la mano cuando aprendían a caminar.

A veces sentía un picotazo de envidia.

Los médicos y el marido la habían convencido de que tenía una falla de nacimiento, una pieza rota o quizá faltante. Era una hembra incompleta. Al principio había llorado y pataleado encerrada en su cuarto, lamentando su destino de mujer estéril. Después, como a lo demás, se había acostumbrado. Agradecida de tener un marido que no la despreciaba por su condición inútil, que la comprendía, que abrazaba su desgracia como propia. El pobre hombre unido a ese futuro sin descendencia. Entonces él la llenaba de atenciones y regalos, la distraía con viajes, modistas; seguían revolcándose como si buscaran engendrar una decena de hijos.

El rollo de soga le pesa y lo desprende del hombro, cae entre el pasto como una víbora y levanta una polvareda de jejenes que se queda flotando en el aire, cada uno con su tamaño de cabecita de alfiler, nublando la visión que tiene de la casa, dándole la apariencia de un espejismo.

Conoció la casa, todavía un rancho, una tapera, en esas cabalgatas que hacía a diario, a ninguna parte, azuzando el caballo hasta que el sudor del animal le empapaba los muslos. Le gustaba montar a pelo: esa comunión entre el potro y ella.

La primera vez la sorprendió toparse con la casa. Desmontó y entró. Estaba fresco y había olor a tierra húmeda. Vacía, ni muebles ni nada. Se sentó en el piso, la espalda recostada contra la pared. Por las hendijas del techo, se colaba la tarde.

Sondeó al marido discretamente: él no sabía nada de ese rancho clavado en el corazón del monte. Cuando uno tiene demasiado, algunas cosas escapan al inventario. Iba a ser su secreto ese lugar. Un escondite perfecto. Un buen tiempo, solo para estar consigo misma. Después, cuando llegó el amante, para el goce furtivo.

El indio y ella se habían desnudado muchísimas veces ahí adentro. Los cuerpos jugosos como la pulpa de una fruta. La casa, la cáscara. Habían comido el uno del otro, lamido, mordido, sin preocuparse por escupir lejos las semillas.

La falta de sangre no le llamó la atención. Fue la modista, que sabía de memoria cuánto medían pechos y cintura, mientras le probaba un vestido.

Te estás poniendo percherona, Gringa.

De golpe, comprendió y sintió el vahído. La otra la sostuvo, la sentó en la cama, fue a buscar un poco de agua con azúcar.

Dos o tres días le dio vueltas a la idea en la cabeza y compró la soga en el almacén de ramos generales. La anotó en la cuenta del marido.

Lleva la mano a la quemadura que dejó el lazo.

No quiso hacerlo dentro de la casa. Hubiera sido profanarla, dejarla maldita. No era justo. Fue de una rama del tala. La casa, lo último que vio cuando el tirón de la piola le apagó la vista.

El caballo volvió solo al casco de la estancia. El marido, alarmado, organizó una cuadrilla de peones para buscarla. El único que sabía dónde podía estar era su indio. De algún modo se las arregló para llegar solo.

Descolgó el cuerpo que empezaba a ponerse rígido, lo acomodó como pudo sobre el lomo del caballo, y volvió a todo galope a encontrarse con el resto.

Su patrón, cornudo y ahora flamante viudo, le agradeció por su servicio y cargó en brazos a la muerta hasta el dormitorio. El indio se quedó mirando la espalda del hombre entrando en su casa y después dio media vuelta y se fue para el lado de los galpones donde dormían los menchos amontonados.

La Lorena empezó a amanecerse junto a Lucero varios días a la semana. Trabajaba de sirvienta en el pueblo, en la casa de una maestra. Llegaba a la tardecita, en bicicleta, recién bañada, oliendo a flor de manzanilla. Si él todavía no había vuelto de hacer sus trabajos en el campo, entraba, avivaba el fuego, preparaba mate y se sentaba en el patio a esperarlo. Podía sentir cómo se le aceleraban los latidos cuando escuchaba los cascos del caballo acercándose. Las primeras veces la Sultana, que siempre andaba con Lucero y llegaba antes que el caballo, la toreaba, medio haciéndose la guardiana, medio haciéndole fiesta. Él desmontaba y la saludaba, un poco incómodo, sin llegar a acostumbrarse a ser esperado. Le aceptaba un mate y enseguida se metía a bañarse. Ella se quedaba afuera hasta que él volvía a salir, el pelo mojado, una camisa limpia. No eran de hablar mucho. La gurisa era tímida, más por gurisa. Mateaban el rato largo hasta que en una de esas pasadas de mate, él le agarraba la mano y la tironeaba suave hasta sentarla en su falda.

Antes de mudarla definitivamente acá, Lucero habló con el patrón.

Estaba pensando en juntarse, le dijo.

El patrón hizo un comentario guarango, pero Lucero no lo festejó.

¿Y qué va a hacer ella acá?

Es guapa, puede ayudar con lo que haga falta.

El patrón se quedó pensando un momento.

Está bien, mientras vos no me descuides el trabajo.

Tucutuccc tucutucutucccc. El viento norte trae el ruido que hacen los tucu-tucu en los túneles que cavan en las orillas del Mosca. Parecen tambores pidiendo lluvia. Cuando recién llegó, la Miní se volvía loca tratando de cazarlos. Pero de más escurridizos son. Asomando con esos dientes largos que les ocupan todo el hocico y cuando la perra quería agarrarlos ¡zácate! ya estaban de nuevo adentro de las cuevas. Los chumbaba de lo lindo.

¡Cómo un bicho tan chiquito va a meter semejante bulla!

Si uno se detiene a mirar un rato, todo aquí, hasta lo más ínfimo, se manifiesta. Se abre al día o a la noche. Por caso las isocas, brillantes de blancas que son en el negro profundo del suelo, un año entero, para emerger convertidas en toritos. Al principio del verano salen todos juntos de abajo de la tierra, los cuerpos de un color azulado que va oscureciéndose en contacto con el aire de la superficie.

A los hijos de Lucero les gustaba jugar con ellos: toritos los machos, vaquitas las hembras, los paseaban en los camiones de juguete o los ponían a pelear, cuerno contra cuerno.

Pero en lo que iba diciendo, todavía no habían llegado los hijos. La Lorena se instaló con unas pocas cosas. Ropa, chucherías y un juego de sábanas, regalo de su patrona. Siguió yendo al pueblo a trabajar entre semana. En los ratos libres, Lucero empezó a hacer arreglos. Un baño adentro. Otra pieza. Los dos se fueron acomodando despacio a la vida juntos. Ella era mansa y sabía llevarlo a él, que ya era un caballo mañero.

Yo también tuve que acostumbrarme. Los ladrillos de las partes nuevas le pesaban al adobe de las partes viejas. Los pisos de tierra quedaron sepultados bajo el cemento. No estaba contenta con todas esas prótesis que iban agregando como señalando lo que me faltaba para ser qué, ¿una casa?

Algunos fines de semana venían unos amigos de Lucero a darle una mano con la construcción, muchachos que conocía de la jineteada y eran un poco albañiles. La Lorena también trabajaba a la par de ellos: Lucero tenía razón, la gurisa era guapa. Acarreaba baldes, hacía mezcla, cocinaba el almuerzo para todos. A la noche siempre hacían un asado y se quedaban tomando vino hasta tarde.

Yo me iba ensanchando como la Lorena, que resultó de encargue unos meses después de mudarse.

Ni en esa época, cuando hacían falta brazos, ni después: nunca vino nadie de la familia de ella. Parece que no les había gustado que se acollare con un hombre grande y se habían distanciado. Era la menor de varios hijos y, quién sabe, la madre soñaría otra cosa para ella. Sin embargo, nunca la vi penando por eso. En el fondo se parecían bastante con Lucero, no era gente de andar dando vueltas, enroscándose. Las cosas como son.

Todas nos pusimos gruesas en esa época. También la Sultana. Parió antes que la Lorena y, como pasa a veces con las perras primerizas, tuvo solo tres cachorros. Uno muerto. Fue una madrugada aquí en el corredor, mientras los Lucero dormían. Anduvo todo el día inquieta y revoltosa.

Ha de estar por dar cría, dijo Lucero y le preparó unos cueros de oveja para que estuviera calentita.

La luna creciente cortaba la noche con su filo de guadaña. El primero en salir no se movió aunque la perra lo estuvo hociqueando hasta que sintió el pujo del segundo. Poco después nació el tercero. Se comió las placentas, los limpió, los dejó prenderse de las tetas. Cuando quedaron barrigudos, los amontonó entre ellos, agarró con la boca el muerto y se metió en el monte para enterrarlo.

Lucero se encontró con la novedad a la mañana temprano. Quiso acercarse, pero la Sultana lo gruñó y se acurrucó más sobre los hijos, escondiéndolos de la vista.

Él se rio.

Pucha que sos arisca, eh.

Todavía faltaba que la luna se llenara unas veces más para que fuera él el inquieto y revoltoso. Adentro de la Lorena, el hijo ya pateaba. Durante las tardes, él cortaba y lijaba madera para hacer la cuna. Ella cosía ropas diminutas. Todo iba aconteciendo sin espamento.

Una tarde los vino a buscar un auto. La panza de la Lorena estaba en punta y caminó despacio apoyándose en el brazo de Lucero que llevaba un bolsito al hombro. Cuando arrancaron, la Sultana corrió al lado, tirando tarascones a las ruedas. Al rato volvió mal encarada y sacó carpiendo a sus hijos, dos perritos por de más vivarachos.

Al otro día, el mismo auto devolvió a Lucero y a la Lorena que bajó con el gurisito recién nacido, metido en un capullo de mantas. La perra los recibió a los saltos, intrigada por ese bulto que la muchacha cargaba en brazos. Un bebé con la cara redonda y la cabeza llena de pelo.

Con la llegada del gurí el pulso de los días y de las noches cambió. Resultó ser llorón así que la Lorena se pasaba la noche más aquí en la cocina que en su cama junto a Lucero. Dando la teta, caminando en círculos como los presos para dormirlo, frotándole la panza y la espalda con yuyos para calmar los cólicos o curarle el ojeo. Vigilando el sueño del mocoso con el pavor de las madres a la muerte blanca. El padre, en cambio, dormía sin sobresaltos. A lo sumo lo sorprendía encontrarla a ella, cabeceando con el crío en la falda, cuando se levantaba para tomar su mate antes de salir a trabajar.

Andá, acostate, le decía.

La Lorena se deslizaba en la cama todavía caliente, casi levitando para no despertar a la criatura, y al fin dormía unas horas al amparo del alba. Convencida de que las desgracias sólo podían ocurrir en la oscuridad.

A Lucero se le hacía raro eso del hijo. Cuando ella lo amamantaba en su presencia, miraba para otro lado, incómodo. Y si le pedía que se lo sostuviera un ratito para ir al baño o hacer alguna cosa, él se pasaba varias veces las manos en las perneras del pantalón, como limpiándose, antes de agarrarlo y después se quedaba sin saber qué hacer, si sentarse o estar de pie, si acercarlo a su hombro o tenerlo a distancia de su cuerpo. No es que no lo quisiera, es que no se hallaba.

La madre de la Lorena, la Tata, volvió sola la segunda vez. Manejando ella el mismo auto destartalado, se metió hasta casi la galería. Había tanto yuyal que capaz le dieron miedo las víboras, digo yo. Aunque parecía una mujer baquiana.

No había pasado tanto tiempo desde que apareció con esos dos gurisones de los nietos, sin embargo parecía más vieja, venida abajo. Entró y de nuevo se quedó parada mirando todo o tal vez esperando que la vista se acostumbrara a la penumbra. Afuera había sol, pero algunos postigos estaban cerrados, el aire viciado. Esos días habían estado unas comadrejas peleándose, una le arrancó una mano a la otra. Olor a bicho enojado y a podrido de ese pedazo de carne, chiquito pero igual jediondo. La Tata suspiró y de a poco fue abriendo las ventanas para que corriera viento.

Revolvió hasta encontrar un machete y se puso a cortar yuyos y cardos que habían avanzado sobre el patio, sin nadie que cuide ni transite todo esto. Concentrada, el brazo, todavía fuerte, levantándose y cayendo, cortando de cuajo. Las gallinas habían disparado y la observaban desde lejos, escondidas entre los árboles. Ella no le hacía ni caso a ese montón de ojitos transparentes, escamas en las sombras. Cuando limpió un buen pedazo, se tomó un descanso. Entró y abrió la canilla para servirse un poco de agua. Estaba seca y se acordó que la vez pasada el Celso había sacado de la bomba. Fue y empezó a darle a la manija. Luego se sentó a beber en la galería. Armó un tabaco y fumó despacio, la mirada perdida en el espinal. Al rato retomó el trabajo y en unas horas, acá a la vuelta, era un tendal de pasto marchitándose al sol.

No sé qué pretendía, quizá nada más adecentar el lugar para cuando volvieran su hija y la familia. O sentirse cerca aquí, entre sus cosas; reparar de algún modo la distancia de los últimos años. Pero mientras rastrillaba el pasto cortado y lo iba amontonando, llegó el patrón en su camioneta y atrás un patrullero. Alguien le habría avisado de los movimientos, digo yo.

Él se bajó malentrazado como era su costumbre. Que qué hacía, le pegó el grito. Los canas en la retaguardia.

Limpiando un poco… parece una tapera, dijo ella, también hablando fuerte.

Vos no tenés permiso para estar acá.

Es la casa de mi hija.

Pero tu hija no está.

Ajá y decime vos dónde está.

Se carearon como dos gallos de riña. Entonces uno de los canas metió la cuchara.

Usted no puede estar acá, doña.

Y quién dice.

¡Digo yo, negra 'e mierda!, gritó el patrón.

Bueno, vamos a calmarnos, intervino el otro milico.

La Tata se rio y sacó el tabaco y armó uno. Las manos le temblaban un poquito. Lo prendió y fumó. Movió un pie sobre la tierra suelta, haciendo un dibujo.

Yo no busco quilombo, dijo. Sólo quiero saber qué pasó con los míos.

El cana lo miró al patrón y le hizo un gesto de que le deje el asunto a él.

Es lo que todos queremos, doña… en eso estamos.

¿Sí?, dijo ella, burlona. Que diga él dónde están…

Ya te dije: se fueron y no volvieron. ¡Acá el único perjudicado soy yo!

Embustero 'e mierda…

Vos andá nomás, dejá que nosotros vamos a hablar con la señora.

Llevate todas sus cosas o te las voy a prender fuego.

El patrón dio media vuelta y se fue. La camioneta salió arando.

Bueno, doñita, haga lo que le dijo el hombre, llévese las cacharpas de la familia y no ande dando vueltas por acá. Pase mañana por la comisaría. Nosotros la vamos a acompañar.

Cuando el patrullero también se fue, la Tata entró y se sentó en la cama de uno de los gurises. La manta tejida estaba tirada en el piso, la levantó y la puso sobre sus piernas y estuvo un rato largo pasándole la mano encima.

Iaiii iaiiii iaaaiiiii.

¡Íjole! Ya van a ver, hijueputas, cuando los agarre.

Iaiii iaiiii iiiiaaaaaaaaa.

¡Chaque la toronja!

¡Cursiento 'e mierda!

¡Viejo puto!

Ya van a ver, los vi' a cagar a chicotazos.

Los gurises, colgados de las ramas como monitos, desaparecen así de repente como aparecieron. Son las sabandijas del espinal, siempre haciendo daño, que tirándoles con toronja, que fabricando cerbatanas con tacuara y disparándoles venenitos de laurel, que meándolos desde arriba de los árboles, volviendo locos a los hombres y también dándoles algo que hacer.

La Gringa se descostilla de risa.

Reyite nomás vos, Gringa, estos diablos malnacidos ya me van a conocer.

Son creaturas, che, dice el del agujero en la mejilla.

¡Engendros!

¡Guachos 'e mierda!

Linda guasquiada les falta para endierezarlos.

Ba, ba, pasá el porrón che.

¿No es muy chiquito usté p'andar tomando?

¿Querés ver la que no tengo chiquita?

Íjole, retobau el enano este. Tomá, dale un beso y pasala.

El Cortito bebe, limpia el pico con la camisa andrajosa y le pasa la ginebra a la Gringa, que agradece con un gesto y hace lo propio. El Cortito no es mismo un enano. Combatió en la guerra de Malvinas y una mina se llevó sus piernas. Cuando alguien le pregunta por el asunto, él se ríe y dice: vos porque no viste cómo quedó el gurka que vino a buscarme pelea. Aprendió a caminar por el monte sin patas, apoyándose en las dos manos y dando saltitos con lo que le queda de cuerpo. Tiene los brazos duros como quebracho y a más de un pícaro le ha dado una buena tunda. Por eso lo joroban un poco, pero nunca se pasan p'al patio con él.

Esos cursientos, sigue rabiando Teruteru. ¡Cazo a uno y le arranco manea del lomo!

Pá tanto no va ser, che, Teruteru.

Crestiano grande midiéndose con gurisitos.

Traviesos son nomás.

¡Já! ¡Bandidos salidos del averno!

Sentí esta que te la inventé para vos, dice el de las adivinanzas.

Hay un señor en lo limpio del campo,

se alborota y persigue al pasajero.

¡El tero tero!, dice uno.

Atinado. Pero ¿señor este? Se te jué la pluma ahí, escribidor.

Los gurises ya están lejos y no pueden escuchar las amenazas de Teruteru que, más que amedrentarlos, les darían risa. Así como son de atrevidos, las sabandijas no dejan de ser gurisitos y cuando no están haciendo sus maldades pueden pasar horas en un claro del monte jugando al hoyo y quema, inclinados sobre las canicas que, al morir, sus madres les pusieron en los bolsillos.

Las pieles rojas por la escarlatina, las lenguas blancas.

Cuando se los ve tranquilos, siguiendo atentos el trayecto de la bolita, casi dan ganas de apañarlos un rato. Mismo si se los oye cantar, sentados en pareja, las piernas cruzadas a lo indio, golpeándose las palmas, ese cantito que dice:

Bichito Colorado mató a su mujer
con un cuchillito de punta alfiler
le arrancó las tripas y se puso a vender
¡A veinte a veinte las tripas calientes de mi mujer!

Hubo una época, la primera después de la merma del espinal, en que todo alrededor fue campo sembrado. Hombres y mujeres, familias enteras, trabajaban lo que duraba la cosecha. Dormían en cualquier parte, armaban chozas, cavaban un pozo para hacer sus necesidades. Algunos se metían a vivir aquí, apiñados, no había lugar para mucha gente.

De ese tiempo recuerdo algo que nunca había visto antes. La langosta. Claro que las había en el monte, pero desperdigadas, solitarias. Nunca la cantidad descomunal que llegaba a oscurecer un día soleado. Parecían una nube de humo moviéndose por el cielo y mismo por el ruido que hacían, a madera quemándose. La gente se tiraba al suelo porque se prendían a las ropas, al cabello. En pocas horas dejaban el campo pelado, justamente como si lo hubieran prendido fuego. Muchas campañas se perdieron así. Esa pobre gente sin poder cobrar un peso por el trabajo que ya estaba hecho. Si el patrón pierde todo, el peón perderá lo que no tuvo. Daba pena ver la desolación de los hombres; las caras de las mujeres bañadas de lágrimas y sus bocas cerradas, sin dejar salir más lamento que esa agua de los ojos. Juntaban lo poco que llevaban consigo y empezaban a irse en largas caravanas. Una procesión de resignados sin cristo que los ampare.

La saltona fue, por esa época, más temida que la piedra o la lluvia que, cuando se desmadraba, también provocaba desastres. Se intentó detenerla de distintos modos por años: construyendo barreras de chapa alrededor de los campos; usando lanzallamas que, las más de las veces, terminaba con peones heridos, manos y partes del cuerpo quemadas. Si daba resultado, impresionaba ver las parvas de langostas muertas. Era tan fuerte la manga que llegó a frenar el paso de los trenes.

Había momentos en que las cosas quedaban detenidas, añares sin cambios aparentes, todo igual mes tras mes, incluso las plagas llegaban y se iban puntualmente. Y de un día para otro, en un abrir y cerrar de ojos, se transformaba.

Por caso cuando empezaron a llegar las máquinas, su olor a gasolina apestando el aire, su ruido infernal. Se llevaban por delante los nidos de los teros, indiferentes al alboroto que armaban. Los hermosos teros, con esas caras que parecen pintadas, su penacho real. Chillaban, como hacen siempre, tratando de desviar la atención de las máquinas, de alejarlas de sus huevos. ¡Pobres infelices!

Entonces esas gentes que se instalaban aquí unos meses cada año, empezaron a ser cada vez menos. Lo que antes era trabajo para veinte o treinta, lo hacía la máquina más rápido y manejada por un solo hombre. Seguían viniendo, pero se iban con las manos vacías. Vagaban por los caminos, aplaudiendo en las estancias para recibir la misma respuesta: no hay nada.

Una vuelta, uno de esos hombres, podría haber sido cualquiera, desesperado hasta el desquicio, prendió fuego tractor y trilladora. Fue por allá, por aquellos lados, durante la noche. Las llamas flameaban como trapos. El tipo podría haber huido. Los peones tardaron bastante en darse cuenta, el humo tardó en llegar a los galpones donde dormían. Pero no, se quedó ahí, mirando el incendio que había provocado, sintiéndose orgulloso de su pequeña justicia. Fue preso. Los pedazos de hierro negros y retorcidos no servían ni para chatarra.

Pese a esas marchas y contramarchas, nosotros seguíamos en pie. El tala, yo y el pedazo de monte. El tala hacía rato se había convertido en un mocetón. En su copa desmañada, los loros tejían esos nidos llenos de bocas donde viven de a varios, gritando a toda hora, sin dar tregua. Peleándose con otros pájaros en época de fruta. El fin del verano anunciándose en un carnaval de mariposas zafiro: negras y azules, negras y blancas; primero gusanito alimentándose de las hojas del tala, después bicho canasto prendido a sus ramas. Los animales nacían y morían. Sobre los restos, las moscas ponían sus huevos, las larvas galopaban la podredumbre, se volvían nuevas moscas o alimento de los pájaros. Las semillas del tala se desperdigaban y crecían lejos de su sombra.

El cielo mudaba el cuero igual que las víboras y nosotros bajo su signo. Manso y dulce cuando el aire se llenaba de polen y despuntaban los brotes, también podía mostrar su peor cara, castigarnos con sus ventoleras, escupirnos rayos y centellas.

Por las noches ese despelote de estrellas que, en aquellos tiempos, se veían más cerca, moviéndose de un lado a otro, consumiéndose en sí mismas. La luna… ¡ah, la luna! Poniendo a retozar y a parir a las hembras del monte; preñando de lluvias al pobre Mosca, desvelándonos: un farol demasiado intenso en el que podíamos arder como polillas.

El Cortito muerde el hongo fresco, lo siente deshacerse contra el paladar como si estuviera comulgando. Le ofrece a la Gringa que se ríe y saca la lengua. Él deposita el pedacito y ella vuelve a guardar la lengua y cierra los ojos.

El Mosca hasta la jeta de agua. Ellos tumbados en la orilla, en la noche luminosa. Las espadañas florecidas sueltan la pelusita blanca, suspendida en el aire caliente. Los cabellos de la Gringa también flotan en ese airecito, cosquillean la cicatriz del cogote largo, de garza, ajustado por el collar de piel curtida. Apoyado en un brazo, él la mira, los ojos chinos y vidriosos.

Sienten los dos la comezón del hongo en el organismo, el corazón acelerado. Tum-tum, tuttum, se entrevera con el tucutuc tucutuc de los bichitos que escarban en sus madrigueras. Del mismo modo anda el hongo, cavando las arterias de ellos, galopando hasta los sesos.

La Gringa abre los ojos de repente. Ojos celestes, dos escupidas de mate 'e leche. Transparente salpicadura del Mosca que corcovea bajo la luna menguante, que no mengua su corriente. Espumea el Mosca, se encrespa, varón de agua, reclama y la Gringa se desnuda y lo penetra con su cuerpo flaco, lanza, tacuara, hiende pero no hiere.

El Cortito observa el espectáculo de la mujer que nada. Siente el escozor frío allí donde alguna vez tuvo piernas, atléticas, lampiñas, de soldado. Ahora una cola de surubí. Cuero moteado, aceitoso, huele a barro. Termina en dos puntas que se retuercen y reclaman volver al agua. No necesita impulsarse con las manos.

Repta en los pastos húmedos, su parte surubí direcciona, timonea las nalgas, la espalda ancha, supo ser nadador, pescado en los ríos, arroyos, tajamares.

¡Zás!

Entra también de cabeza, picado, en el líquido turbio, sedoso; levita en el fondo. La Gringa pasa encima de él, ondulante, pálida, las venas verdes, una rana, la panza plata, las tetas cuelgan, las mojarras le chupan los pezones.

Se ríe ella, un jadeo largo.

Emerge su coronilla surubí, su cara de surubí pegada a la cara de mujer de ella, los bigotes son antenas que transmiten un morse atolondrado.

Tic tiiiiic tic tic tiiiic.

Estoy loco por vos, Gringa. ¿Me copiás?

Tictic tititttititiccc tic tic tic tiquitic tictic.

El nene de los Lucero empezó a caminar y a darle más trabajo a su madre. Era un gurí de más inquieto, siempre trepándose acá y allá, metiendo la mano donde no debía: una vuelta adentro de un tacurú, todo el brazo picado por las hormigas y la Lorena saliendo de raje al hospital. Con todo, el chico era sano. Tal vez demasiado sano por eso tenía energía para sus diabluras. Ahí fue cuando Lucero empezó a interesarse más en su hijo. Era un guachito comprador y sus monerías lo hacían reír a él que era un tipo más bien parco. Que se moviera solo y empezara a hablar en su media lengua, fue como si en ese momento Lucero lo viera por fin como una persona, alguien que mereciera su atención y no simplemente una continuación de su madre. Le hacía upa y lo llevaba a pasear por el monte. La Lorena se quedaba nerviosa y alerta y recién cuando aparecían de nuevo, el alma le volvía al cuerpo. Pensaría que le podía pasar algo al gurí, vaya a saber qué se imaginaba que había en la entraña del espinal. El nene también disfrutaba estar con el padre y, en su ausencia, se ponía caprichoso y la hacía rabiar a ella.

Ahí la Lorena quedó de encargue otra vez. Quizá por celos, por la urgencia de tener solo para ella un hijo que la necesitara, o porque se dio así. A Lucero no le gustó la noticia. Discutieron feo. Él quería que se lo sacara, había una mujer que podía ayudarlos, dijo. Ella firme con que no, con que entonces se iba a mandar a mudar con el hijo y el que venía en camino. ¡Adónde se iba a ir si seguía distanciada de la familia! Semanas de tire y afloje hasta que se calmaron.

El trabajo tampoco iba bien. El patrón se había metido en unos negocios que lo dejaron culo al norte y estaba medio fundido. No era la primera vez y siempre conseguía sacar la cabeza afuera del agua, pero el caso es que Lucero hacía meses que no veía un peso. Techo y comida tenían: el patrón les hacía llegar una provista mensual y además estaban las gallinas, los chanchos, que criaban ellos. Pero otro hijo, es otra boca que alimentar tarde o temprano.

La Lorena seguía trabajando en la casa de la maestra; sin embargo, promediando el embarazo, tuvo un pico de presión y el médico la mandó a hacer reposo y le dijo que estaba esperando mellizos.

Pobre gurisa. Delante de Lucero no decía nada. Bastaba que él saliera a trabajar para que se desarmara en llanto. Para colmo el gurisito estaba más piel de judas que nunca.

En ese momento le habrá hecho falta la madre, una hermana, una mujer en quien apoyarse. Sin embargo, tuvo que aguantárselas sola.

Las mellicitas nacieron antes de tiempo. Una semana pasaron en el hospital, en la incubadora como los pollitos que, en ese tiempo, empezó a criar el patrón en unos galpones acá al lado.

A Lucero, el nuevo emprendimiento no le hizo gracia. Él era un hombre acostumbrado a andar campo afuera. El criadero era una inmundicia de mierda, comida balanceada, pollos tragando sin parar bajo las luces eternamente prendidas, creciendo a una velocidad increíble, hacinados en sus jaulas. Frágiles al punto de que podía morir una camada entera un día de mucho calor. Él estaba hecho para domar potros, marcar ganado, alambrar, cavar pozos, parvear alfalfa. Lo asqueaba el olor a plumas que se pega al cuerpo, las manos lastimadas por las patas de los pollos cuando había que agarrarlos para darles las vacunas, el sonido incesante de los picos contra los comederos de lata. Y encima cuando llegaba acá, el berrido de las dos gurisas, parecido al griterío de los pollos.

Habrá echado de menos el hombre que era cuando apareció aquí. Solo, sin ataduras, nomás la Sultana haciéndole fiesta. Ha de haber pensado más de una vez en irse, digo yo. Dejar todo atrás y empezar de nuevo en otra parte. Pero lo tiraba el gurí que ya tomaba mate y hablaba hasta por los codos.

Al año de las mellicitas, la Lorena y la Tata empezaron a frecuentarse. Ella, mejor dicho, volvió a visitar a su madre. La Tata acá no pisó nunca porque Lucero era un tipo memorioso y no le perdonaba que lo hubiera rechazado cuando se juntó con la hija. Ella iba a verla a su casa, le llevaba a los nietos.

Esa vez, cuando la Tata lo enfrentó al patrón, había rabia, bronca por no saber qué pasó con los suyos, pero también algo de remordimiento. Esos años alejadas no podían recuperarse pero, de golpe, tampoco había más por delante.

Unos días después, volvió con la policía, con el nieto y dos muchachos que manejaban una camioneta. Mientras los canas fumaban y tomaban mate a la sombra del tala, ellos cargaron ropa, muebles, ollas, colchones... Ataron las cosas con unas sogas a la caja de la camioneta. Uno de los canas vino a vichar y vio que quedaban las camas, unas sillas descoladas y el moisés del bebé.

Lleve todo, doña, mire que ya no va a poder volver, le dijo.

La Tata lo miró con desprecio.

Úsenlo de leña para hacer esos asados que les paga el patrón.

Esa vuelta, la policía habrá pensado que la Tata se iba a quedar en el molde, conforme con llevarse las pocas pertenencias de su hija, y que esperaría las noticias sentada en su casa. Una mujer sin recursos qué podía hacer: lamentarse, rezar, dejar que pasara el tiempo.

El patrón también habrá creído que su parte estaba cumplida: avisar que los Lucero habían abandonado su puesto de trabajo, como decía él, perjudicándolo.

Era como boqueó ella nomás: los canas venían seguido acá a comer asado. El patrón, que nunca había sido generoso con sus peones, caía con media vaquillona, un lechón, cordero, los tiraban a las brasas, tomaban vino. A veces el almuerzo se alargaba y otra vez volvían a prender fuego y la comilona seguía. Nadie más vino a vivir acá. La cana no lo permitía, con la excusa de la investigación, para que no se les cortara la joda. El patrón esperaba, con una paciencia que nunca había tenido, que las cosas se aquietaran, que el asunto se fuera olvidando.

Sin embargo, la Tata empezó a mover cielo y tierra. Una piedra en los zapatos de la policía y en las botas, hechas a medida, del patrón.

Esta negra de mierda sigue jorobando.

Dejala. ¡Qué va hacer!

Los estamos buscando también afuera de la provincia.

La foto de ellos está por todas partes.

Se hace lo que se puede.

¡Pero no ves que anda diciendo en todas las radios que los maté yo!

Quién le va a dar bola.

Cosas de vieja loca nomás.

Vos tranquilo. Nosotros los estamos buscando hasta abajo de las piedras.

Si no se dejan encontrar, es porque no quieren.

¡Vaya a saber en qué andaba el Lucero ese!

Y seguían atorándose de carne. Las uñas y las jetas brillosas de grasa. Él tranquilo no estaba. Los miraba de reojo hartarse de comida y chupi, reírse y contar sus cuitas con mujeres, los zafarranchos que se les armaba porque todos tenían más de una. Él ni tomaba casi, aunque a veces dejaba que le llenaran el vaso a la par de ellos y bebía. Capaz para seguirles el tren o quién sabe. Terminaba en pedo pero ni así conseguía acomodarse a la farra de los milicos. Alguna noche dormía ahí en la mesa, a la intemperie, entre las sobras del asado. Se despertaba a la mañana con el sol alto, las moscas encima, el olor a vino agrio en la boca y en los vasos. Sin saber dónde estaba ni cómo había llegado. Por ahí puteaba solo, en voz alta, y juntaba el desastre que habían dejado los milicos. Por ahí se levantaba y se subía a la camioneta, y los restos quedaban a merced de las comadrejas, las gallinas, los zorritos.

No es que me diera pena, nunca tuve buenos sentimientos con él. Pero pensaba si es cómo él dice, que se fueron y no tiene nada que ver. O si es como dice la Tata. Por una cosa o por la otra el hombre vivía atormentado.

Lo cierto es que se había hecho mala fama entre la gente que trabajaba para él y también con los dueños de campos vecinos que, dos por tres, encontraban sus alambrados comiéndoles un pedazo de tierra. Cualquiera sabía que le gustaban las armas y que podía usarlas y no solamente para espantar a los loros. En las rondas pequeñas, los rumores fermentaban con el vino.

La señora de él se enfermó para la época en que los gurisitos de Lucero ya iban a la escuela. El varón de delantal blanco, las nenas con sus pintorcitos rosa. La Lorena las vestía y peinaba iguales, aunque entre ellas no se parecían: una era más grandota y callada, la otra era una polvorita. Los tres se llevaban bien y eran bastante compinches. Por más que la plata fuera poca y hubiera que hacer malabares con esos pesos, la familia estaba bien.

Lo de los pollos, al tiempo, había fracasado. Lucero se alegró porque no le gustaba ese trabajo, aunque el mal negocio del patrón también lo tocara a él, aumentando la deuda que venían arrastrando desde hacía varios años. Desmontaron los galpones y vino un camión que se llevó las chapas, las jaulas vacías, los comederos, para venderlos.

Entonces, un día, cayó el patrón a hablar con Lucero. Apareció a la tardecita, a la hora en que se sentaba a tomar mate en el corredor mientras la Lorena ayudaba a los hijos con las cosas de la escuela. Disfrutaba ese rato solo, viendo cómo el sol empezaba a caer detrás del espinal.

La actitud del patrón era distinta. No llegó pisando fuerte como siempre, llevándose el mundo por delante. Vino con una cierta humildad y se sentó al lado de su peón, le aceptó un mate. Hablaron un rato de bueyes perdidos. La Lorena, en la cocina con los gurises, paraba la oreja mientras repasaban la tabla de multiplicar con el varón, sorprendida también por la visita. Sin embargo, no llegaba a escuchar nada porque los dos hombres hablaban en voz baja.

Después de dar unas vueltas más fue al punto. Le contó a Lucero que su mujer estaba enferma, muy mal. Tenía un tumor y había que operarla.

Mis hijos están todos lejos, cada uno haciendo su vida. Mi mujer y yo quedamos solos.

Lucero la había tratado poco porque era muy de la casa y no se metía en las cosas del campo, pero las contadas veces que se cruzaron ella había sido amable. No recordaba bien su cara, solo que le había parecido una mujer triste.

¿Y dónde la están tratando?, preguntó más por decir algo que por curiosidad.

En el sanatorio de los adventistas.

Dicen que es muy bueno ahí.

Cuestión que después de la operación, cuando ella vuelva a la casa, yo no voy a poder ocuparme. Habrá que ayudarla a bañarse, curarla, cambiarla. Yo estoy todo el día afuera.

Se quedó callado. Los dos, bah, en silencio, miraron el cielo cada vez más anaranjado, el monte de contornos oscuros, como si fuera la primera vez. Un crespín empezó a cantar. El patrón se aclaró la garganta.

Voy a necesitar ayuda de una mujer. Estuve pensando que capaz la Lorena nos puede dar una mano. Por lo menos el rato que los gurises están en la escuela. ¿Ya van, no?

Van sí, los tres.

Un tiempo nomás va a ser, hasta que mi señora se pueda arreglar sola.

No sé, tengo que preguntarle a ella... acá aunque no parezca siempre hay algo para hacer.

Es un favor que les pido. Todo esto fue muy repentino, no sé qué voy a hacer.

Ella nunca cuidó enfermos, es una gurisa joven...

Con favor no quiero decir que no le vaya a pagar. Yo sé que estoy atrasado con vos, de a poco me voy a ir poniendo al día. Para pagarle a ella, eso saldría de una plata que tiene mi mujer, de la herencia de mi suegro... no tengo nada que ver yo con esa plata.

Lucero se encogió de hombros

Le voy a decir y se verá.

El patrón miró hacia la ventana de la cocina. La Lorena ya había encendido la luz y desde afuera podía verla sentada a la mesa con los gurises, todo lleno de lápices, cuadernos. Quizá le recordó una escena similar en su casa, la mujer ayudando a los hijos con los deberes, él viéndolos así cuando volvía del campo, a la noche. Después lo miró a Lucero, esperando que se parara y fuera a hablar con la Lorena.

Ahora no, dijo Lucero. Más tarde le voy a hablar cuando los gurises se vayan a dormir, esta es conversación de mayores. Mañana yo te digo.

Está bien, entiendo. Mi señora va a estar muy agradecida. Los dos...

Se paró y le palmeó un hombro a Lucero que siguió sentado.

Está refrescando, dijo. Hasta mañana.

Lucero no respondió, pero cuando el otro se subió a la camioneta y prendió los faros, levantó una mano a modo de despedida.

Esa noche, cuando las criaturas se durmieron, ellos se quedaron en la cocina tomando un té de burrito. Acostumbraban para asentar la comida. Pero Lucero no sacó el tema.

Qué raro que él ande a esa hora por acá, dijo la Lorena.

Lucero hizo un gesto, levantó las cejas pero no dijo nada. Bebió un sorbo.

¿Y qué quería?, se impacientó ella.

Él soltó un bufido.

La señora está delicada. La van a operar de un tumor.

¿Adónde?

De los adventistas.

No, digo adónde lo tiene.

No sé, no pregunté.

Pobrecita. Voy a armar una cadena de oración... igual qué raro que te cuente a vos.

Quiere que vos la cuides.

¿Yo?

Como un trabajo, claro. No de favor. Le dije que te iba a preguntar pero que vos nunca cuidaste enfermos...

¿Y vos qué sabés? Mucho tiempo la cuidé a mi abuela. Pobrecita. Y los últimos meses bañarla, limpiarla, todo hacía yo. ¿Y te dijo cuánto paga?

Lucero meneó la cabeza.

No sé, bastante tenés acá con la casa y los gurises...

Los gurises ya se arreglan solos. Están grandes, eh. A veces los miro, cuando los visto, y no puedo creer que ayer apenas, eran unos lechoncitos de este tamaño... yo también me estoy poniendo vieja.

Lucero soltó una carcajada.

Mirá si vas a estar vieja vos... vení acá.

Ella se sentó en la falda y él le mordió el cuello y empezó a acariciarla por abajo de la ropa.

No nos vendrían mal unos pesitos más, dijo la Lorena.

Sintió la pija dura entre las nalgas; se movió un poco, apoyándose en la mesa para levantarse lo suficiente, bajarse el calzón y que él se abriera la bragueta.

Vamos a ver, dijo Lucero: vamos a ver.

La vieja fuma en la puerta de su choza, abajo de los floripondios. Envuelta en el humo del cigarro y en el perfume dulce de las trompetas abiertas, los ojos cerrados, el zumbido de las abejas como un rezo que crece. Vive en un rincón apartado del monte, lejos de los otros.

Se llama Bruna aunque nadie pronuncia su nombre desde que fue una gurisa. Con la primera sangre, brotada entre sus piernas mientras saltaba al elástico con las hermanas y que confundió con un chorro de pis, le fue revelado su don. Quien lo tiene renuncia a su nombre y a todo: a vivir como las otras, a ser una mujer común y silvestre.

No guarda resentimiento, aunque le costó aceptarlo. Conocerlo, aprender de él, convivir con su don por todo marido, familia y compañía. Gente a la vuelta no le faltó nunca, pero siempre estuvo sola. A medida que la noticia "¡Ella cura!" fue pasando de boca en boca, la fila en el patio de su rancho fue creciendo. A veces atendía desde la mañana temprano hasta la noche, con apenas tiempo de dormir un rato, purgarse los males de los otros en una cadena interminable de eructos que le hacían doler la panza, juntar fuerzas. Y cuando estaba tan engentada que no daba más, se metía en el monte. No descansaba, buscaba yuyos, los clasificaba en distintos atados según para qué cosa, se espabilaba. Sólo en el monte podía estarse en silencio y escuchar las enseñanzas que le bajaban los que habían tenido el don antes que ella y vivían, sus espíritus, en el espinal.

Cada tanto tiene visita. Ahora mismo siente venir al tipo del agujero en la mejilla. Le gusta él. No es atolondrado como los otros. Conversan o nomás toman un mate, una ginebra, según el ánimo. Unas ramitas se quiebran bajo su paso. Ella abre los ojos y lo espera atenta.

Jué, vieja, ¿cómo andás?

Bendiciones.

Él reanima las brasas y pone la pava. Se sienta arriba de un tronco.

Nació añares antes que ella y sin embargo es mucho más joven. Podría haber sido su abuelo. No es. Lo sabe porque el único hijo que tuvo murió todavía gurí. Lo sabe ella; él no. ¿Para qué?

Ponele un puñadito de esto, le dice y posa en la palma abierta del hombre unas hierbitas.

¿Y esto qué es? No me querás engualichar, vieja…

Se ríen.

Vos andás necesitando justo eso ahí.

Ajá. ¿Y para qué es bueno?

Ah. Solo yo sé. Vos confiá.

Él acerca el yuyo a la nariz y lo pone en el mate. Sirve uno y lo escupe. Chupa la bombilla con el lado sano, en cambio cuando fuma, un poco de humo se le escapa por el agujero.

¿Y qué se cuenta por ahí?

Nada que vos ya no sepas, vieja chismosa.

Las diablas sabemos más por viejas que por diablas, ahí tenés razón.

Ella se levanta: delgada como una varita de junco, ágil como una muchacha. Se mete en la choza y sale con el porrón. Cuando le toca el mate, le vuelca un traguito de bebida.

Pá ahorrar tiempo, dice y le guiña un ojo.

Él se ríe.

Pero si tiempo es lo que nos sobra acá, vieja pijotera.

Nunca se sabe…

¡Cómo están de jediondos los floripondios!

Es la calor que los potencia.

Se callan.

Él mira el fuego; ella lo ve a él borroso por las cataratas. Adivina que quiere preguntarle por su hijo. Siempre que viene, en el fondo, sólo quiere preguntarle por él, saber qué fue del gurí, en qué tipo de hombre se convirtió, cómo vivió su vida, si lo recordó, si lo echó de menos, si le puso a alguno de sus hijos su nombre. Pero tiene miedo de las respuestas.

Teruteru se la pasa renegando con los gurises estos, dice.

La vieja sonríe.

La otra vuelta levanté a uno de la oreja. Vieras, las patitas en el aire le quedaron. Igual nunca aprenden, les dura un rato y después ya están de nuevo jorobando.

Él también se ríe.

¡Sabandijas son!

Gurises… seguro vos también habrás sido bastante piel de judas.

Para nada. ¡Cabal! Yo creo que ni gurí fui. Otros tiempos.

La perra sale de la choza y se despereza. Mueve la cola.

¡Ah, pero había sido que ya tenías visita!

La vieja le acaricia el lomo.

Él silba.

Vení, Miní. Vení, chicha.

Se acerca y le lambe la mano.

Mi gurí era locura que tenía con los perros. Ahí en las casas teníamos como cinco. ¿Y vos tenés hijos, vieja?

Ella niega con la cabeza.

Nunca me llamó la atención. ¡Pero sabés la cantidad de gurises que ayudé a venir al mundo! Y otra cantidad que ayudé a que se quedaran donde estaban. Una cuestión de equilibrio.

Él la mira y mira el porrón que ella mantiene a su lado.

Y qué. ¿No vas a convidar?

A Lucero nunca lo convenció la idea de que la Lorena trabajara en la casa del patrón. Pero ella se puso insistente y cuando quería se salía con la suya. Nadie mejor que él para saberlo: después de todo la gurisa había plantado a toda su familia para estar con él. Y también era cierto que andaban cortos de plata y que el trabajo en el pueblo escaseaba.

Cuando la señora Elina volvió del sanatorio, ella empezó a ir todos los días a cuidarla. De paso limpiaba un poco y dejaba la comida preparada. Estaba contenta de haber vuelto a trabajar y a la noche, mientras cenaban, se la pasaba hablando de la otra casa. Los muebles, las comodidades que había, mucho más que todo lo que vio en lo de la maestra. La señora Elina le enseñó a usar la aspiradora y el lavarropas que lo único que le faltaba era sacar la ropa planchada. La señora era muy buena; los hijos unos desgraciados que ni siquiera llamaban por teléfono para saber cómo estaba la madre. Y el patrón, bueno, ya lo conocían.

Lucero la escuchaba bastante hinchado, pero no decía nada. Los gurises abrían grandes los ojos con todo lo que ella detallaba que había en la casa de los patrones y que ni siquiera podían imaginar, pero contagiándose del entusiasmo de la madre.

¿Y cuándo podemos ir nosotros?, pedían a coro las mellizas.

Los patrones tenían una sola hija mujer y la Lorena contaba que su pieza estaba tal como cuando la gurisa vivía con ellos: muñecas en las repisas, peluches, una colcha suavecita, nunca había acariciado un género así... en cambio, la pieza de los dos varones, la señora Elina la había convertido en el cuarto de costura y planchado.

Si total no vienen nunca, decía. Ella tampoco, pero bueno a una madre siempre le tira más la hija mujer...

A él le interesaba poco y nada lo que contaba. Era un hombre acostumbrado a vivir con lo justo y no fijarse en lo ajeno. Pero le daba bronca que ella se encandilara y también a los gurises, que les llenara la cabeza con cosas que él no podía comprarles ni pensaba que las necesitaran. También rabia porque resultaba que el patrón vivía a cuerpo de rey y a él le soltaba la plata de a puchitos. Al menos la señora Elina era cumplidora y pagaba puntualmente.

La Elina se recuperó bastante rápido de la operación, pero tenía que empezar un tratamiento. No estaba bien la pobre mujer. El trabajo que era apenas por unos meses, se fue alargando y la fueron necesitando a la Lorena cada vez más. Cuando Lucero quiso acordar, ella pasaba mañana y tarde en la casa del patrón. Empezaron los reproches y las peleas.

En otro momento él se hubiese impuesto. Pero ser la que paraba la olla, la había alentado a la Lorena y cuando discutían, fuerte y seguido, ella pegaba un portazo y lo dejaba trinando solo.

Cierto que fastidiaba escucharla hablando tanto de la otra casa. Amplia, con dos baños, pisos de cerámicos que la Lorena hacía brillar como espejos, cortinas bordadas a mano por la Elina, una mujer hacendosa; sillones mullidos, aparadores llenos de vajilla que no se usaba porque ellos nunca recibían gente… a la final de qué les valía una casa linda sin alma, sin vida adentro más que las de ellos dos: una moribunda y un hombre que ni se fijaba si tenía barro en las botas cuando pasaba la puerta. Pero ella dale y dale, hablando de esa casa como si fuera suya.

En vez de mejorar, la Elina empeoraba. La Lorena era casi su enfermera: aprendió a ponerle las inyecciones, la acompañaba en el remís hasta el sanatorio los días que tenía el tratamiento, a veces se quedaba a dormir con ella.

Lucero fue aflojando. Tal vez se apiadó de la señora del patrón o le agarró el gusto a estar con los gurises. Era una época de menos trabajo y estaba el asunto de los jornales atrasados, entonces él hacía lo mínimo necesario. Las cosas con la Lorena se suavizaron.

Para cuando la Elina murió, unos meses después, resultó que la Lorena estaba embarazada de nuevo. Alguien se iba para dejar lugar a alguien que llegaba.

Vinieron los hijos y la hija y entre la Lorena y la muchacha se ocuparon de vaciar el ropero de la Elina y sacar sus cosas. Ella se había encariñado con la señora y aunque el patrón le pidió que siguiera trabajando para él, no aceptó. Lucero se puso contento de tenerla de vuelta y también con el gurí en camino. Tal vez porque estaba afectada por la muerte de la Elina, pero a ella no se la veía demasiado conforme con esa panza que crecía y parecía consumirla por dentro. Flaca, ojerosa, casi no retenía nada en el estómago.

Con todo, el gurí vino con un pan abajo del brazo y poco antes del nacimiento, el patrón le pagó a Lucero, no toda la deuda, pero una buena parte. Seguramente metiendo la mano en la herencia de la Elina. También ese fue un buen año para el campo: llovió cuando tenía que llover, hizo el frío que tenía que hacer. La soja fue primero una inundación verde y luego un desierto maduro caminado por las trilladoras.

Después del parto, la Lorena quedó como ida. Siempre había estado tan pendiente de los otros hijos, que era rara la distancia que tenía con este. El gurí lloraba rato largo en el moisés y ella seguía con sus cosas como si no lo oyera. A veces Lucero llegaba de trabajar y la criatura bramando, le hacía upa y se lo traía a ella que lo agarraba sin entender y después caía en la cuenta de que no había comido. El pobrecito se agarraba con desesperación a la teta. O cuando estaba sola, lo alzaba y lo inspeccionaba de cerca, algo ajeno que tenía que esforzarse en reconocer propio. Luego lo abrazaba contra su pecho y se le caían las lágrimas, en silencio.

Había quedado con los nervios de punta, digo yo. Para colmo, el patrón empezó a presentarse sin aviso. La gurisa se sobresaltaba con esas visitas. Él la cargoseaba para que volviera a trabajar a su casa. Ella que no, que no podía, que no insista. Venía cuando Lucero no estaba y ella tampoco le contaba nada.

Todo un año duró la romería de milicos acá afuera, meta asado y jarana. Un año también sin que los Lucero volvieran y nadie, aparentemente, los buscara. O bueno, eso habrán creído ellos y el patrón. Porque la Tata había seguido insistiendo, reclamando y, porfiada como era, le habían prestado atención: periodistas y gente de la política, justo en campaña. La Tata apenas sabía leer y escribir, pero era una mujer astuta. Había aprendido que una mano lava a la otra y las dos lavan la cara.

El caso es que volvió, después de meses, acompañada de otras personas. Varios autos llegaron una mañana, entre ellos un patrullero con comisario y canas nuevos. De los comedores de asado no quedó ni uno o, por lo menos, nunca más pintaron por acá.

Entraron, sacaron fotos, anotaban cosas en unos cuadernos, no dejaron un solo rincón sin revisar. Todo un día estuvieron aquí hasta que se hizo de noche y tampoco se fueron. Cerraron todos los postigos, rociaron los pisos, las paredes, con un líquido, y de repente empezaron a aparecer unas manchas azul eléctrico que yo nunca había visto. Sobre todo la cocina parecía iluminada por refucilos. Decían que indicaba que allí había habido sangre. De gente o de animales: sangre. Y en la cocina de qué más iba a ser, de gallina, chancho, liebre, nada extraordinario.

Cuando el gurisito chico dejó de parecerse a los recién nacidos, todos iguales, resultó el vivo retrato de Lucero.

Aunque una vuelta, los milicos le jetonearon al patrón:

Se anda diciendo que el más chico es hijo tuyo.

¡Mirá si va a ser hijo mío!

Viendo las fotos la gurisa estaba de más linda.

Una tentación para cualquiera.

¡Dejate de decir bolazos!

Bueno, bueno, más que un bolazo es un halago. Que una mujercita así le dé pelota a un viejo cojudo como vos…

Mientras los Lucero vivieron aquí, los del espinal venían y se colaban dentro, en los roperos o abajo de las camas. Escuchaban sus conversaciones, los quejidos del fleje. A veces, si ya habían apagado todas las luces, rompían algo, un vaso, una taza, porque de más jodones son. La espiaban a la Lorena mientras se bañaba. Embobados con sus tetas grandes, el culo redondo, la piel lisa por la que corría la espuma, el agua de la ducha. El vapor perfumado empañaba el espejo.

El del agujero en la mejilla, en cambio, siempre se metía en la pieza de los gurises. Le gustaba acariciarles los piecitos que sobresalían de las sábanas, acomodaba el brazo de uno, colgando del borde de la cama; soplaba un mechón que cubría una cara. La melliza más callada, solía despertarse y descubrirlo. Pero no le tenía miedo. La luna pasaba a través de la ventana y clareaba el piso. La gurisa le tocaba el pelo, el rostro, como si lo estuviera leyendo con la palma de la mano. Le metía los dedos en el agujero y se reía, y Lucero, desde su pieza, la oía y la mandaba a callar.

A veces se le pegaban las sabandijas del espinal. Él los tenía cortitos, porque de más envidiosos son esos pobres mocosos: querían tirarles de las patas a los hijos de Lucero, estropear sus cuadernos.

Unos lápices, un granadero de plástico, cada vez algo robaban, cosas que de todos modos los gurises siempre andaban perdiendo, así que a nadie llamaba la atención.

Ese año y pico hasta que los Lucero se esfumaron, el gurí más chico creció como un yuyo guacho, un poco al cuidado del padre que reparaba en él cuando volvía del campo y otro poco por las mellizas que, con sus siete años, eran bien desenvueltas. Aprendieron a cambiarle los pañales, darle la mamadera. Andaban con el crío de arriba para abajo, igual que con un muñeco.

El varón mayor seguía pegado a él. Volvía de la escuela con el guardapolvo todo arrollado en la mochila, la Lorena se enojaba pero el gurí ni caso. Agarraba un pedazo de pan con manteca y azúcar, montaba un caballo, y se iba a buscar a Lucero; ayudaba con el trabajo. A la caída del sol, volvían los dos. Mientras tomaba mate, le enseñaba a trenzar el tiento. El gurí era duro para las cosas de la escuela, pero concentrado y prolijo con las manos.

También las nenas le revoloteaban más a Lucero. La Lorena seguía vuelta para adentro. Las mellizas eran curiosas y preguntonas, querían saber por el otro lado de la familia: si había otra Tata, tíos y primos, por qué no los visitaban... lo ponían en un brete a Lucero que respondía cosas vagas. Ellas no se contentaban y seguían escarbando, que les cuente algo de cuando él también era gurí.

Lucero resoplaba, armaba un cigarro y empezaba el cuento de la inundación. El agua entrando en los ranchos y la corriente arrastrando las pocas cosas que tenían, mismo perros, gallinas, chanchos. Todos trepados a los techos esperando que pasara la lancha de prefectura a rescatarlos. Las semanas amontonados en el club del pueblo, vistiendo ropa ajena donada por gente que estaba mejor que ellos. Durmiendo de a tres o cuatro en el mismo colchón. Las discusiones que se armaban entre las mujeres por una cosa o por otra. Los hombres grandes, al pedo todo el día, los ponían a boxear a los gurises para divertirse. Él no tenía un padre que lo defendiera así que siempre lo empujaban a pelear con otro gurí. En ese punto cambiaba de tema, las mandaba a hacer algo para sacárselas de encima. El relato completo lo había contado mucho antes, cuando todavía vivía solo acá, y hablaba en voz alta para la Sultana y para mí. A un gurí casi lo había matado. Una rabia tremenda se había apoderado de su cuerpo de once años. Enseguida tumbó a su rival y, en vez de apartarse y dar por ganada la pelea, se sentó encima y siguió pegándole. Los puños se movían solos, como si no fueran suyos, y los nudillos estaban manchados con la sangre ajena. No podía parar. Tenía la vista nublada. Lo tuvieron que agarrar entre varios hombres para sacarlo.

Cada tanto, los investigadores retomaban su trabajo. Podían pasar meses y hasta años. La Tata siempre volvía con ellos, más vieja pero con la misma determinación del primer día. El patrón ya no podía pisar aquí. Sus campos seguían siendo suyos en los papeles, pero no podía sembrar, ni echar ganado, ni arrendarlos. El monte se iba derramando sobre los rastrojos de la última cosecha.

Una vuelta llegaron con unos mapas y la cuadrilla de hombres enfiló para el Mosca. Tenían varas largas en las manos y dos un traje de buzo. Entraron al arroyo. La Tata los siguió, decidida a meterse con ellos, pero no le permitieron. Hubo una discusión y aunque ella no parecía dispuesta a ceder, terminó aflojando. Igual se quedó cerca, en la orilla, y desde allí observaba los movimientos.

Todavía era invierno y la niebla se levantaba del agua bajo un sol tibio. El Mosca rebalsaba como en su mejor época, no como ahora, puro espinazo por la sequía. En las partes playas, iban los que llevaban esas varas, caminando despacio, tentando el fondo. Los buzos buscaban en lo profundo y otros arriba de un bote los iban guiando. Cada tanto, alguno de los de las varas, tocaba algo duro, daba la voz de alarma, todos se quedaban quietos en su lugar, los buzos zambullían, volvían a la superficie con pedazos de huesos que siempre resultaban de animal. Varios días estuvieron ahí, hurgando las tripas del Mosca con esos palos.

La Tata, que no era de estarse quieta y además, digo yo, por hacer algo para matar la espera, hizo andar la vieja cocina a leña, trajo una olla grande, algunos utensilios y empezó a cocinar para todos. Cuando no, les acarreaba agua o les llevaba mate cocido para que se calentaran la panza.

La noticia de la muerte del patrón, los agarró acá, mismo a la Tata. Un día que el equipo de hombres intentaba localizar un pozo ciego, abandonado y tapiado hacía años. El comisario en persona se llegó a hacer el anuncio. Los reunió en el corredor.

La Tata habrá tenido la esperanza de que eso que iba a escuchar era que habían dado con su familia. Vivos en algún sitio, lejos de aquí donde sólo podían encontrarlos muertos. Apretaba el rosario en un puño.

El patrón iba camino a Paraná, manejando solo como siempre, y se había dado de frente con un scania. El chofer del camión no conseguía explicar lo que había pasado. La ruta estaba desierta y sin darle tiempo a ninguna maniobra, la camioneta se había cruzado de carril y se la había llevado puesta. El comisario dijo que tal vez le había dado un infarto o un derrame cerebral y que eso había causado que se desviara de ese modo, sin control, y provocara el accidente. La camioneta había volado por la banquina dando varios vuelcos. Cuando lograron sacarlo, ya había fallecido.

A la Tata se le aflojaron las piernas y uno de los hombres del equipo la sostuvo y otro le arrimó una silla. Se tapó la cara con las manos un momento y cuando las apartó tenía la boca abierta, los ojos fijos en un punto, llenos de asombro. Por la boca entró aire que salió con una ronquera que no era grito ni llanto. Algo peor, un bramido, un ahogo.

Después dijeron que estaba arruinado y que ese viaje a Paraná era su último intento de que el banco no le rematara la casa y la camioneta. Como fuera, ya no tendría que preocuparse por eso.

Entonces, con él dos metros bajo tierra, la gente empezó a hablar. Algunos porque sí, por acaparar la atención. Otros porque se sentían libres de decir lo que sabían sin miedo a sus represalias.

Que el patrón lo había mandado a cavar unos pozos que no sabía para qué eran.

Que Lucero había puesto un abogado para hacerle juicio por la plata que le debía.

Que el hijo más chico era del patrón y los Lucero lo amenazaban con contarle todo a la familia.

Que los habían visto subiéndose a un colectivo que iba para el norte.

Que estuvieron trabajando en Coronda, en la cosecha de frutillas.

Que la Lorena engañaba a Lucero con el patrón y él por celos la había matado y a los hijos para que no sufrieran y a él mismo para no ir preso.

Que los pozos de agua estaban envenenados por los pesticidas y los Lucero habían muerto y el patrón se los dio a los chanchos para cubrirse.

Que se los había llevado un plato volador…

Durante esos meses el equipo de hombres y policías se duplicó y algunos trajeron bolsas de dormir y se instalaron aquí dentro. Por un rato volví a ser refugio, reparo, cuatro paredes, un techo.

También llegaron las máquinas, parecidas en tamaño a las trilladoras, pero con unas palas para cavar. ¡Ruidosas! Metían esos dientes de fierro en el suelo, sacaban la boca llena de tierra. Todo a la vuelta temblaba, mismo mis cimientos. Algún ladrillo perdí en la conmoción, caído como un diente flojo. Los hombres se metían en esos hoyos que hacía la máquina, con cascos en la cabeza, con todo tipo de instrumento, a veces cavaban con sus propias manos y nada.

Nada.

Escondidos entre los árboles, habían visto la polvareda avanzando lerda, espesa. Serían los arrieros llegando con una tropilla de baguales. Pero no. Atrás de la nube de polvo, aparecieron las máquinas. Amarillas, bochincheras. Raro. Hacía mucho no veían de esas en los campos. Ni peones ni cultivos.

Se interesaron por los movimientos. Poco había que ver desde que la familia que vivía en la casa ya no estaba ahí. Una casa sola no tiene gran novedad.

Siguieron, entusiasmados como criaturas, el trabajo de los primeros días. Las máquinas metían los hocicos en la tierra, escarbando peor que un tucu-tucu. Ellos armaban cigarros y conjeturas.

Han de estar buscando plata yvigüí.

¿Será?

¿No has visto las luces vos en el campo?

¡Bolazos! No es oro eso… huesos pues, cueros viejos, pura osamenta nomás.

Qué otra cosa van a buscar con tanto afán, a ver.

Ah yo qué sé.

¿Y bueno? Digo yo, pá qué hablás si no sabés.

Tiene boca y habla.

Ha dicho: cabal, compañero.

¡Que entierros de oro ni qué perro muerto!

Y vos qué sabés.

¡Crestianos buscan, jué chambón!

Psssttt.

¿Será?

¡Más vale!

Ay, me corrió un frío en el ojete.

Esto me recuerda: *Maravilla, maravilla, ¿qué será?*

¡Dejá de jeder con las adivinanzas vos!

El que la ve y la hace
no la desea ni la goza.
Y el que no la ve ni la hace
la desea y la goza.

Los hombres pensaron, se rascaron la cabeza, nadie atinó a responder.

La desea y la goza, la ve, no la ve. ¡Es bien difícil pues!

¡La sepultura, jué bruto!

La desea y la goza… no entiendo.

Acá yo tengo otra. ¡Qué te créias que sos el único artista acá!

A ver, dejalo al Teruteru, che.

En el medio de dos peñas
sale un hombre llorando.

Yo la sé, Teruteru.

A ver si sos tan espabiláu…

El hombre se agachó y se rajó un pedo bien sonoro.

Teruteru estalló de risa y miró a los otros abriendo los brazos.

Jué puta. ¡Cabal! ¡Es el cuesco!

Siempre iguales, se iban en pura chacota y su atención se desviaba rápido. Al tiempo volvían a reparar en las maniobras de hombres y máquinas y todo vuelta a empezar: que plata yvigüí, entierros de monedas, *maravilla maravilla*, los tapaos de los tiempos del general, *¿qué será?*, alhajas alhajas, he visto un árbol prendido fuego, jué bruto, grasa animal, patacones pues, ¡fortunas!, bolazos nomás, embustes, ¿embustero quién?, ¡limpiate el pico!, *¿qué será lo que el rico guarda en el bolsillo y el pobre lo tira al piso?,* vení, vení si sos macho, *¡los mocos!,* mocoso a quién le decís, cursiento, te viá cagar azotes, juicio che, ¡a dormir que hay chinche, carajo!

El Cortito sí que se interesaba. Le gustaban de más los fierros desde chico. Había estudiado en la escuela técnica, egresado con el título de maestro tornero. Quería seguir estudiando ingeniería mecánica, pero le tocó la colimba. Número alto, imposible zafar. La madre no lo dejó pedir una prórroga, como hacían los que estaban en la facultad. Decía que al remedio amargo mejor tragarlo rápido y que, además, mal no le iba a venir un poco de mano dura a falta de figura paterna. Para sus adentros él pensaba que bastante ya había tenido con ella: una viuda religiosa y austera que no le aflojaba a su hijo un tranco 'e pollo. Así se hizo y él, que entonces se llamaba Fabio, por el cantor que le gustaba mucho a su padre, se despidió de su novia y partió a Curuzú Cuatiá, al regimiento, con otros muchachos del pueblo, dejando atrás un llorerío de novias, hermanas y madres, menos la suya. Tres meses después o cuatro, sería, empezó la guerra. A lo primero, para qué negarlo, todos se arengaron. Las únicas batallas que conocían eran las que armaban de chicos con los soldaditos de plástico y los tanques de rastis. Y cualquier cosa parecía mejor que el rigoreo de los oficiales, los bailes que les pegaban para divertirse.

Ir a la guerra era ser parte de algo que quedaría en la historia. Tan gurisones eran que se hacían la película de conocer la nieve.

A la noche, cuando los tipos se iban a dormir, las excavadoras quedaban solas. Parecían animales muy antiguos. El Cortito se las arreglaba para treparse y meterse en la cabina. Se agarraba con fuerza del volante, de las palancas inmóviles. Con la boca imitaba el ruido del motor, los rebajes, el quejido ínfimo de las articulaciones aceitadas del brazo. Si no llegaba a ingeniero, también se hubiera conformado con conducir un bicho de estos, un trabajo en vialidad de la provincia tal vez. Abrir caminos.

Cuando volvió de Malvinas, casi muerto, medio hombre, ya no tuvo la posibilidad.

Fue el único del pueblo en regresar.

Los que no volvieron tienen un monolito en la plaza, sus nombres en placas de bronce. Para él, los vecinos desviando la vista las pocas veces que se atrevió a pasearse como un saltimbanqui sobre sus manos en las calles del centro. Ni su madre podía mirarlo. Ella también (él también) hubiera preferido la placa en el monolito. Un lugar público donde presumir su dolor, consolada por las viejas de la iglesia. No el despojo que volvió de las islas.

La pobre chica que era su novia se tomó un colectivo a Buenos Aires. Para cuidar a una tía solterona, le dijeron. No la culpaba.

Él tampoco aguantó mucho. Dos años, tres, sería Lo ayudó la curandera, lo puso a dormir sobre su falda mientras le acariciaba el pelo. Todavía, una que otra vez, se llega hasta su choza y la vieja lo recibe en el regazo, se adormece sobre el estampado desvaído de su batón.

La Miní aparece oliendo a humo y floripondios, viene de hacerles fiesta a los que viven en el espinal. Los perros, igual que las casas, están hechos para andar con gente. Pasa al lado de la Colorada que se revuelca en la tierra suelta. Las plumas de la gallina se inflan, se opacan con el polvo, agita las alas, cacarea. Las pollitas jóvenes, de más curiosas, se acercan y la imitan. Levantan una polvareda como esos remolinos que arma el viento norte y decimos que es el diablo bailando. Con tanto cacareo viene un gallo viejo a ver qué está pasando. El pecho hinchado, el tranco largo, arremete entre las hembras. La Colorada lo enfrenta. Se carean y empiezan a girar en círculos lentos. Las otras, atemorizadas, miran de lejos. La Colorada no necesita escolta. Tira un picotazo y el gallo la esquiva, la cresta carnuda de él se pone más roja. Ella entreabre las alas y lo pecha. Él aprovecha ganarse bajo el sobaco con un picotazo que hiere la carne blanda. Grita pero no se amilana y le da un puntazo al macho en el lomo. Se apartan de un salto atrás sin perderse de vista. Toman impulso y vuelven al choque, vuelan plumas coloradas, negras, blancas, serpentinas tornasol.

Las otras gallinas cloquean alborotadas. La Miní no interviene pero sigue atenta la riña. Los cachorros asustados se esconden detrás de la grupa de la madre.

La Colorada y el gallo viejo se trenzan. El espolón duro de él arranca chijetes de sangre. Ella le atina cerca de un ojo. Ve todo rojo el gallo. Ella aprovecha el mareo del rival para atacarlo con saña. Chillan los dos, muerden el polvo. Es brava la Colorada. El gallo claudica, con la poca fuerza que le queda ensaya un vuelo bajo y se refugia en un árbol. Ella se queda boqueando un momento, entrando aire al cuerpo dolorido. El resto quedan excitadas.

Clococó, clococó, corococó.

El día se va haciendo noche. Las luciérnagas son constelaciones movedizas entre los árboles. Igual ellos: encorvados, la punta del cigarro lucecitas rojas en las sombras, buscan ramas para hacer fuego. No pasa mucho hasta que el resplandor anaranjado ilumina el monte desde abajo. Se oyen las risas; las conversaciones se mezclan con el aleteo de las lechuzas y de los murciélagos que salen, rampantes, de las oquedades. La calor afloja un poco, el aire tibio se perfuma de ipomeas. La luna, si se la mira bien, tiene agua.

Música de guitarra también se oye. La Miní, inquieta, ladra y mueve la cola. El silbido llega nítido y la perra corre hacia lo espeso, una estela blanca que se esfuma en el pastizal. Los cachorros duermen ovillados al pie del tala.

De un tiempo a esta parte ni la Tata ni nadie más vino nunca, al punto que los pozos que abrieron las máquinas buscando a los Lucero, haciendo patente esa expresión: se los tragó la tierra, esos hoyos volvieron a llenarse de yuyos, árboles, plantas de todo tipo. Que hayan dejado de buscarlos aquí, me hace pensar que los encontraron, finalmente, en otro sitio.

Aunque no me haya movido, desde que los Lucero no están, cada día he vuelto un poco, confundida en el abrazo del espinal. Sigo en pie como esas viejas muy viejas: de pura empecinada nomás. Las campanillas azules, la cabellera del diablo, las trompetas de San Juan, echaron sus redes sobre techo y paredes, atrapándome entre sus lazos y sus flores. Vista desde arriba, ya nadie podría distinguirme. Nadie diría: ¡allá, abajo, la casa!

Esta obra se terminó de imprimir
en el mes de abril de 2026,
en los talleres de Grafimex Impresores S.A. de C.V.,
Ciudad de México.